LES
GOUTTES D'EAU

RIMES

PAR

ADOLPHE CARCASSONNE.

MARSEILLE

TYP. ET LITH. BARLATIER-FEISSAT PÈRE ET FILS,
rue Venture, 19.

1869.

LES GOUTTES D'EAU

DU MÊME AUTEUR :

PREMIÈRES LUEURS, poésies.

LE JUGEMENT DE DIEU, grand-opéra en quatre actes.

LA FILLE DU FRANC-JUGE, drame en quatre actes et en vers.

LA FÊTE DE MOLIÈRE, comédie en un acte, en vers.

A MADEMOISELLE MARIE FAVART

DE LA COMÉDIE FRANÇAISE.

Humble hommage à un grand talent.

A. C.

LES
GOUTTES D'EAU

RIMES

PAR

ADOLPHE CARCASSONNE.

MARSEILLE

TYP. ET LITH. BARLATIER-FEISSAT PÈRE ET FILS,
rue Venture, 19.

1869.

PROFESSION DE FOI

Faire du plagiat c'est devenir impie;
Il faut en poésie un talent virginal;
Le calque le plus fin, la meilleure copie,
A mes yeux ne vaut pas le moindre original.

Musset, l'esprit lui-même, a dit que le poète
Ne doit boire jamais dans le verre d'autrui;
C'est une vérité que le bon sens répète,
Et que de tout mon cœur je répète avec lui;

Car je préfèrerais mille fois ne pas boire
Que me servir d'un verre où boirait mon voisin;
Mais comme je n'ai pas de verre, on peut m'en croire,
Je n'emprunte à personne et je bois dans ma main.

UNE RENCONTRE.

Un matin j'errais seul dans le fond d'un grand bois:
Les oiseaux s'éveillaient; l'air était plein de voix;
La brise à chaque fleur disait tout bas: je t'aime;
Puis, concert magistral orchestré par Dieu même,
Les grands arbres chantaient un hymne, et par moment
La mer chantait aussi, vaste accompagnement!
Rêveur, je m'égarais sous des pins en ombelle:
Une femme était là, pensive, grande et belle;
Son front, pareil au lis qui commence à fléchir,
S'inclinait doucement comme pour réfléchir,
Tandis que ses cheveux livraient leurs ondes molles
A l'air qui les berçait sur ses blanches épaules.
Moi, je la contemplais avec bonheur; le jour
A travers les rameaux lui souriait d'amour;
Et les plis de sa robe agités par bouffée
Ajoutaient un prestige à sa pose de fée.
Alors elle me vit... sereine, sans émoi
Et son beau front qui penche elle vint près de moi:

Ecoute, me dit-elle, et sa voix était douce
Comme le vent léger qui chantait dans la mousse,
Chaque jour je te vois errer silencieux
A l'heure où la clarté s'éveille dans les cieux;
Tu demeures pensif devant les voix sans nombre
Que les pins des forêts secouent de leur ombre.
Je l'ai vu dès longtemps, Dieu t'a fait pour rêver;
Et c'est lui qui m'a dit de venir te trouver.
Ecoute: je serai ta sœur et ton amie;
Lorsque par un beau soir la terre est endormie,
Nous irons tous les deux sous les rameaux touffus
Ecouter la nature avec ses bruits confus;
Je te dirai le sens de ces voix inconnues
Qui passent sur la terre ou montent dans les nues;
Puis, je te traduirai sur les bords de la mer
Ce que disent les flots en causant avec l'air,
Et tout ce que du ciel les rêveuses étoiles
Laissent tomber d'amour en écartant leurs voiles.
Quand le jour teint le ciel de joyeuses couleurs,
Nous irons tous les deux interroger les fleurs;
Nous irons dans les bois écouter la romance
Qu'avec le jour naissant la fauvette commence;
Et je t'expliquerai ce qu'il est dans ce chant
De doucement rêveur, de pur et de touchant.
Tu sauras ce que dit le bruit qui dans l'air flotte;
Le ruisseau qui s'enfuit sur sa rive et sanglote

Comme un ami bien cher qui pleure et qui s'en va
Loin du toit paternel où son âme rêva.
Ainsi tu comprendras les plus secrètes choses;
Les accents de la brise et le parfum des roses,
Comme les grandes voix qui, là haut, dans l'air bleu
Se fondent dans un mot, un mot sublime: Dieu!

Je lui dis: tu seras ma compagne chérie;
Dis-moi quel est ton nom, ô ma sœur!

— Rêverie.

LA SERRURE.

Le cœur fait de l'amour sa plus chère parure ;
Mais s'il savait les maux que l'amour fait souffrir,
    Il serait comme une serrure
Que les plus doux regards ne feraient pas ouvrir.

Mais non ; le cœur est faible, il le sera sans terme ;
Il s'ouvre ; et quand l'amour doucement l'a comblé,
    Soudain la serrure se ferme,
Et la femme qu'on aime en emporte la clé.

EVE.

Comme pour la splendeur d'une céleste fête
Les vastes firmaments illuminaient leur faîte ;
Les harpes d'or chantaient dans les saintes hauteurs ;
Les brises de l'Eden dégageaient les senteurs
Des vallons embaumés où leur souffle pénètre ;
Les anges souriaient... Eve venait de naître.

Pour l'homme seul encor dans l'Eden enchanté
Dieu lui-même acheva ce type de beauté ;
D'un lis qui s'entr'ouvrait à l'heure matinale
Il lui mit sur le front la pudeur virginale ;
D'un parfum d'ambre il fit son haleine, et ses yeux
Des deux plus beaux rayons qui brillaient dans les cieux ;
D'un reflet du soleil il créa son sourire ;
Et de l'hymne si frais que le matin soupire
Quand les échos de l'air s'éveillent à la fois,
Il prit le plus doux son pour en faire sa voix.

Et lorsqu'Eve parut dans sa beauté sereine
L'Eden la salua comme une jeune reine;
Les hymnes des forêts, apportés par le vent,
Lui semblèrent offrir un hommage fervent,
Tandis que réveillé de son sommeil étrange
Le premier des humains disait : quel est cet ange ?

Or, chez les anges même on chercherait en vain
Un front qui rayonnât d'un éclat plus divin,
Une blancheur plus pure, un regard plus céleste;
C'était la grâce unie à la candeur modeste;
La splendeur qui s'ignore et qui jette en passant
Sur tout ce qui l'entoure un jour éblouissant.
Aussi, des régions de la gloire éternelle
Chaque blanc séraphin dans l'air ouvrit son aile,
Et franchit les sommets des plus hauts cieux pour voir
L'œuvre que Dieu lui seul avait pu concevoir.
Souvent, dans l'azur calme où leur vol se balance,
Ils planaient, et suivaient dans un heureux silence
Eve qui souriant de son sourire clair
Livrait ses blonds cheveux aux caresses de l'air,
Et marchait dans l'Eden en laissant sur sa trace
Des parfums d'innocence et des rayons de grâce.
Puis ils se regardaient entr'eux, et lentement
Ils s'élevaient encor dans le bleu firmament,

Et se mêlaient à ceux dont les harpes d'ivoire
Disent à l'Éternel un cantique de gloire.

Mais, pendant que bercés dans les airs attiédis
Les anges contemplaient l'ange du paradis,
L'un d'eux dont le front pâle avec langueur se penche
Sentit dans un frisson trembler son aile blanche;
Et du fluide empire il vit subitement
Courir sur ses regards un éblouissement.
Alors, pour raffermir son aile chancelante
Il fixa de l'azur la voûte étincelante;
Mais dans l'éther sans borne et dans l'éclat des cieux
C'est l'ange de l'Eden qu'il eut devant les yeux.
Et lorsqu'en prenant place aux concerts extatiques
Il fit parler à Dieu son luth plein de cantiques,
Une tristesse vague et désormais sa sœur
Altéra de ses chants l'ineffable douceur,
Tant le trouble inconnu qui l'agitait encore
Faisait trembler ses doigts sur la corde sonore.

Et depuis, rêveur même aux pieds du Tout-Puissant,
Il goûtait dans le ciel un bonheur languissant;
Il ne retrouvait plus ses extases passées,
Et l'Eden seul gardait ses plus chères pensées.

Or, comme dans les cieux il n'est point de douleur,
Les anges s'étonnaient de sa longue pâleur;
Dans leur amitié sainte ils cherchaient à surprendre
Un secret que lui-même il ne pouvait comprendre;
Mais le doute planait sur leur esprit subtil;
Et dans un regard triste ils se disaient: Qu'a-t-il?

Un jour, les lyres d'or et les harpes bénies
Unissaient devant Dieu leurs saintes harmonies;
Et le peuple du ciel priait en écoutant
Ces chants qui font prier celui qui les entend.
Mais dans ce grand concert, dans ce chœur de louange,
Il manquait une voix; c'était celle de l'ange
Qui, loin de la splendeur et des chants du saint lieu,
Suspendu sur l'Eden avait oublié Dieu.
Il était là, suivant dans une extase lente
Eve dont les pieds blancs foulaient l'herbe opulente,
Et qui levant les yeux le contempla, mais sans
Qu'un nuage effleurât ses regards innocents;
Ni qu'un trouble inquiet de son aile furtive
Fît courir sur son front une ombre fugitive.
Or, l'ange était bien beau; l'air qui l'environnait
D'un radieux éclat déjà s'illuminait;
Et la gloire attachée à son blanc diadème
Réfléchissait de loin la gloire de Dieu même.

Aussi, dans son respect pour le saint visiteur,
Eve sur ses genoux fléchit avec lenteur;
Et sa prière ailée et pure de mélange
Comme un vierge parfum s'éleva jusqu'à l'ange.

On entendait alors aux célestes confins
Un écho vaporeux du chant des séraphins;
Or, l'ange qui fixait un long regard sur Eve
Entendit cette voix qui secoua son rêve;
Et donnant à la femme un soupir pour adieu
Il regarda le ciel et s'écria: mon Dieu!
Alors, passant d'un vol les plaines azurées,
Il ramena vers Dieu ses ailes égarées;
Et l'âme pleine encor d'un souvenir, il vint
Ajouter une note au cantique divin.
Mais quand les lyres d'or ne firent plus entendre
Ces accents que les cieux semblaient toujours attendre,
Laissant encor son rang dans le chœur fraternel
Il porta sa tristesse aux pieds de l'Éternel;
Et penché dans l'azur, parmi des flots de gloire,
Il se couvrit le front de ses deux mains d'ivoire;
Puis il dit au Seigneur : — Seigneur! pourquoi les cieux
N'ont-ils plus la douceur qu'ils avaient à mes yeux?
Pourquoi mon cœur, distrait de son premier délire,
Ne suit-il plus vers toi les accords de ma lyre?

Et pourquoi le nom d'Eve, ainsi qu'un vague son,
Flotte-t-il sur ma bouche à côté de ton nom?
Seigneur, l'ombre m'entoure et je sens que j'hésite;
Qu'un rayon de tes yeux descende et me visite,
Afin que raffermis aux clartés de la foi
Ma pensée et mon cœur ne soient pleins que de toi.—
Ainsi l'ange éleva sa plainte, la première
Qui jamais fût montée au trône de lumière:
Or, Dieu lut dans ce cœur par le doute affaibli;
Et l'ouvrant doucement il y posa l'oubli;
Puis de son doigt divin il dégagea l'essence
Qui de l'ange pensif altérait l'innocence,
Et la mit au cœur d'Eve à ce contact charmé:

Depuis ce jour béni les femmes ont aimé.

L'AUTOMNE.

C'est la saison moins tiède où les rayons du jour
En glissant dans les airs répandent moins d'amour;
Où l'aile de la brise et la forêt jaunie
N'élèvent plus en chœur leur joyeuse harmonie;
Où tout revient encore à son centre éternel,
Les feuilles à la terre et les âmes au ciel.

LA LETTRE AU BON DIEU

VIEILLE HISTOIRE

A MADEMOISELLE DINA ALTARAS.

Une petite fille à l'air doux voulait mettre
Une lettre à la poste et n'y parvenait pas,
Car l'étroite ouverture où doit passer la lettre
Était trop haute pour son bras.

Une dame approchait. — Avec un frais sourire
L'enfant lui dit : daignez me soulever un peu :
La dame en l'embrassant prend la lettre et peut lire
Ces mots sur l'adresse : Au bon Dieu.

Eh quoi ! vous écrivez au bon Dieu ?
— Notre mère
Nous dit qu'à ce Dieu juste il faut toujours penser ;
Et que si la douleur nous fait la vie amère
C'est à lui qu'il faut s'adresser.

Et depuis bien longtemps mon père est sans ouvrage;
Ma mère pleure, et moi qui ne puis rien pour eux
Je m'adresse au bon Dieu puisqu'il rend le courage
Et l'espérance aux malheureux.

Je lui dis de finir notre peine ; de mettre
Des jours un peu meilleurs auprès des mauvais jours ;
Et puisqu'il est partout il est sûr que ma lettre
A ce Dieu bon ira toujours. —

C'est très-bien, dit la dame, et la missive blanche
Disparaît dans la boite entr'ouverte ; l'enfant
Revient chez elle avec le bonheur qui s'épanche
Dans son petit cœur triomphant.

Le lendemain, la mère était encore en larmes ;
Nul rayon n'éclairait le logis triste et nu ;
Toujours la même peine et les mêmes alarmes ;
Car du ciel rien n'était venu.

Soudain une voiture arrive sur la porte ;
On écoute avec l'âme et sur le pauvre seuil
Une dame élégante apparaît ; elle apporte
La joie à tous ces cœurs en deuil.

— Voici du linge blanc, de l'argent, puis des langes
Bien chaudes pour couvrir votre cher nouveau-né...
Venez donc m'embrasser, ô mes beaux petits anges ! —
Le logis s'est illuminé...

La mère dit alors : par vous je suis sauvée !...
Mais elle, s'inclinant sur l'enfant à l'œil bleu :
— A son adresse hier la lettre est arrivée ;
C'est la réponse du bon Dieu. —

PATRIE

Je sais, m'a-t-elle écrit dans un style charmant,
Que vous contemplez moins l'éclat du firmament;
Vous n'écoutez plus l'air qui passe;
L'ombre ne dit plus rien à votre esprit rêveur;
Et vous n'entendez pas le chant plein de ferveur
Des choses qui vont dans l'espace.

Ce qui parle d'amour, ce qui parle de Dieu,
Le jour qui semble triste en nous disant adieu
N'élève plus votre pensée;
Votre muse a voilé ses traits étincelants;
Et votre cœur surpris n'a plus que les élans
D'une politique insensée.

Ce n'est pas vivre, hélas ! que vivre sans amour ;
Ce n'est pas vivre, hélas! que d'aller chaque jour
Grossir la foule soulevée ;
Ceux qui veulent bâtir sur un sol dangereux
Doivent toujours s'attendre à voir crouler sur eux
Leur œuvre encore inachevée.

Le peuple brise tout sous sa pesante main ;
L'idole d'aujourd'hui ne sera plus demain ;
Tôt ou tard la vertu succombe ;
Le tribun dont la voix met un peuple debout
Sera frappé demain par la haine qui bout ;
Son piédestal sera sa tombe.

L'arène politique a des taches de sang ;
Et celui qui s'en va par ce chemin glissant
Se livre à toutes les tempêtes ;
Il entraîne la foule, il affronte les rois,
Ces partis acharnés qui veulent à la fois
L'un des fers et l'autre des têtes.

S'il triomphe, sa main arme la liberté ;
Mais il s'use et bientôt lui-même est emporté

Dans un ouragan populaire,
De la gloire à la tombe il passe en un seul jour...
Ah! qu'il vaut mieux rêver de bonheur ou d'amour
A l'ombre d'un bois séculaire.

Qu'il vaut mieux écouter les douces voix du soir;
Regarder dans les airs monter l'ombre, ou s'asseoir
Près d'un lac aux rives fleuries;
Qu'il vaut mieux regarder sur les monts empourprés
Tandis que le zéphir avec l'herbe des prés
Nouent de longues causeries.

S'il faut qu'un grand spectacle éblouisse vos yeux,
Contemplez la splendeur et le calme des cieux;
Ou saluez la mer profonde,
La mer qui roule moins dans ses terribles jeux
De flots retentissants et de bruits orageux
Que la foule ardente qui gronde.

Ouvrez encor votre âme au langage divin
Que le ciel ou la mer ne tient jamais en vain;
Que la gloire soit votre rêve;
Mais redoutez la foule où germe tout affront,
Et qui pourrait un jour pendre sur votre front
Le tranchant oblique du glaive. —

Et moi j'ai répondu : — J'aime comme j'aimais ;
Je vais comme autrefois rêver sur les sommets
De nos collines ombragées ;
J'écoute avec amour le silence de l'air,
Et l'écho vaporeux des vagues de la mer
Pleines de notes prolongées.

Le soir, quand l'ombre seule aux regards vient s'offrir
J'aime à voir mon beau ciel, mon beau ciel bleu s'ouvrir
Comme un écrin de pierreries ;
La nuit pour me parler semble prendre une voix ;
Et tout ce que je sens et tout ce que je vois
Remplit mon cœur de rêveries.

Mais si tant de ferveur en moi n'a pas faibli,
Il est un autre culte en mon cœur établi
Et qui touche à l'idolâtrie ;
Un culte plus profond, plus immense, plus pur
Que la mer sans limite et que les cieux d'azur :
Le culte saint de la patrie !

Par cet amour sacré je préfère souvent
Les clameurs de la foule au murmure du vent ;

L'orage à la clarté sereine;
Par cet amour sacré je m'impose un mandat;
Je lutte pour le peuple et vais, humble soldat,
Combattre avec lui dans l'arène.

Car le règne du peuple est mon espoir; les rois
Et les derniers soutiens qui défendent leurs droits
Ont assez outragé l'histoire;
Au peuple, maintenant! au peuple souverain!
A lui qui mit son nom sur des tables d'airain
Avec le poinçon de la gloire!

A lui de mettre fin à son trop long repos!
A lui de secouer l'ombre de ses drapeaux
Sur la terre comme sur l'onde;
A lui de foudroyer l'orgueil des potentats;
A lui de prendre en main le sceptre des états;
A lui la France! à lui le monde!

Voilà quel est mon rêve... Ah! pour un pareil but
Qu'importe si la vie est donnée en tribut
Aux rois, aux masses débordées?
Qu'importe qu'à la tâche il faille succomber?
Le sang versé mûrit; la hache fait tomber
Les têtes mais non les idées!

C'est ainsi que je sers avec fidélité
Le culte de la muse et de la liberté ;
Rêveur sous un tranquille ombrage ;
Pensif auprès des flots qu'il m'est doux de revoir ;
Inspiré quand il faut accomplir un devoir,
Ou quand le peuple est à l'orage.

Mais devant un beau ciel ou dans les mauvais jours,
Il est un sentiment que je garde toujours
Comme une relique chérie ;
Ce sentiment si pur vous l'avez inspiré ;
Il n'est qu'un seul amour qui me soit plus sacré :
L'amour profond de ma patrie.

MOLIÈRE.

La Gloire, assise un jour sur son trône, tenait
Une couronne d'or qu'elle-même avait faite
Dans les hauteurs du ciel ; elle la destinait
Au front du plus divin poète.

Toutes les nations étaient là, sous ses yeux :
L'Angleterre parla la première : — J'aspire
Avec raison, dit-elle, à ce don précieux ;
J'ai vu naître le grand Shakespeare. —

Un murmure flatteur sembla passer dans l'air
A ce nom qu'un prestige éternel environne ;
Mais l'Allemagne dit : — Moi j'ai Gœthe et Schiller ;
Et j'ai droit à cette couronne. —

L'Italie à son tour fit entendre sa voix :
— A l'idéal rêvé j'ouvre une source ardente
Dit-elle, à moi ce prix! j'en suis digne deux fois
J'ai vu naître le Tasse et Dante. —

La France alors parut ; son regard inspiré
Un moment s'étendit sur l'assemblée entière :
— Chacun de ces grands noms, dit-elle, m'est sacré ;
Mais seule je compte un Molière. —

A ce nom dont l'éclat les éblouit encor
On vit les nations se courber en silence ;
Et prenant aussitôt le diadème d'or
La Gloire couronna la France.

PENDANT QU'ON JOUAIT DU VIOLON.

Vous écoutiez, Madame, et votre front rêveur
Pâle comme un beau lis rayonnait de ferveur ;
L'art divin avait pris votre âme, et vos pensées
Dans l'éclat de vos yeux se voyaient retracées ;
Vous écoutiez l'archet d'où jaillissaient à flots
Des notes où l'amour se mêlait aux sanglots ;
Où toutes les douleurs que la tendresse amène
Avaient des cris profonds comme la voix humaine.
C'était l'hymne de pleurs, c'était le chant si beau
Que l'angoisse d'Edgard gémit sur un tombeau ;
Adorable douleur ! poème de génie !
Si pur que dans le ciel l'ange de l'harmonie,
A l'ineffable chant de la terre sorti,
Dut aller dire à Dieu : c'est de Donizetti.
Vous écoutiez ; et moi je croyais voir, Madame,
A travers vos grands yeux luire toute votre âme,

Car vos regards alors avaient tant de douceur
Que d'un hôte céleste on vous eut dit la sœur.
Et tandis que mon cœur s'oubliait sous le charme
Je vis à vos cils noirs se suspendre une larme ;
Une larme rêveuse et qu'on verse en aimant,
Une perle sans prix, un riche diamant
Qui vient, tant son éclat reste pur de mélange,
Ou du cœur d'une femme ou de l'écrin d'un ange.
Et moi je contemplais cette larme, laissant
La voix d'Edgard pleurer sur l'archet frémissant,
Et me faisant un monde où je croyais entendre
Les cordes qui chantaient dans votre âme si tendre.
Et je disais tout bas : Larme, joyau divin !
Ton limpide reflet ne brille pas en vain ;
Mieux que toutes les voix, ô larme ! tu décèles
Son cœur tout étoilé de saintes étincelles ;
Mieux que tous les joyaux tu pares sa beauté ;
Pour moi je donnerais ma part d'éternité,
L'avenir lumineux où ma pensée aspire,
La muse au front penché que j'aime et qui m'inspire,
Les rêves où mon cœur aime à se reposer,
Pour aller te cueillir, ô larme ! en un baiser.

UN SOUVENIR DE LA BIBLE.

Louons le roi des cieux sur les harpes d'ivoire ;
Prenons les lyres d'or pour chanter sa splendeur ;
Louons Dieu ; car la terre est pleine de sa gloire
Comme les firmaments sont pleins de sa grandeur.

Louons Dieu ; la terreur de ses feux l'environne ;
Il est le roi du monde et de l'éternité ;
Car les cieux éternels sont sa vaste couronne,
Et son trône est l'immensité.

Louons Dieu ; car la foudre à son ordre s'envole ;
L'aile des vents de flamme au loin porte sa voix ;
Louons Dieu ; l'univers tressaille à sa parole
Comme une feuille dans les bois.

Louons Dieu; dans les champs de sa magnificence
La poudre des soleils rejaillit sous ses pas;
Son regard, c'est le feu; son bras, c'est la puissance;
Sa lèvre souffle le trépas.

Louons Dieu; car il plie au vent de sa colère
Les colonnes des cieux ainsi que des roseaux;
Louons Dieu; car sa voix domine le tonnerre
Et le grand bruit des grandes eaux.

Louons le roi des cieux sur les harpes d'ivoire;
Prenons les lyres d'or pour chanter sa splendeur;
Louons Dieu; car la terre est pleine de sa gloire
Comme les firmaments sont pleins de sa grandeur.

A SES PIEDS.

Le soir venait; dans l'air l'ombre étendait ses voiles;
Les étoiles
Ouvraient en souriant dans l'azur nébuleux
Leurs yeux bleus.

La mer, la grande mer endormait ses bruits vagues
Sur les vagues;
Le vent jetait au ciel qui semblait s'assoupir
Un soupir.

Toutes les voix du soir parlaient avec mystère
Sur la terre;
La fleur au papillon disait avec émoi :
Aime-moi.

Le ruisseau murmurait à la brise légère :
Tu m'es chère;
Et la brise disait : Je te donne en retour
Mon amour...

Il était à ses pieds : — Tout ce que j'ai, Madame,
Dans mon âme ;
Ce qu'il est dans mon cœur de plus pur, de plus doux
Est pour vous.

En vous est mon espoir ; c'est à vous que s'adresse
Ma tendresse ;
Vous êtes un aimant qui m'attire ici-bas
Sur vos pas

Ce que vous m'inspirez ne saurait se décrire ;
Un sourire
Fait entr'ouvrir mon âme et l'éblouit, pareil
Au soleil.

Votre voix adorée est un écho céleste ;
Quand je reste
Longtemps sans l'écouter mes jours remplis d'ennuis
Sont des nuits.

Ah ! si l'amour nous vient comme un présent suprême ;
Quand on aime
Pourquoi voit-on l'éclair ineffable et divin
Luire en vain ?

Etrange sentiment! l'idéal plein de charmes
Ou les larmes;
Le ciel tout rayonnant à nos regards offert
Ou l'enfer.

Aimer, pleurer, souffrir, avoir l'âme asservie,
C'est la vie;
Et nul, je le sens bien, ne connaît cette loi
Mieux que moi.

Ouvrez donc votre cœur à la pitié, Madame;
Que votre âme
Réponde à cet amour plus grand, plus radieux
Que les cieux. —

Mais elle regardait vaguement ce qui passe
Dans l'espace;
Et la brise emportait en baisant ses cheveux
Tant d'aveux.

Et l'œil en pleurs il dit dans sa douleur profonde:
— En ce monde
On peut tout ce qu'on veut hors, c'est bien affirmé,
D'être aimé. —

DEVANT LE FEU

Un soir, j'étais triste sans cause ;
Je suis ainsi tous les hivers
Quand le fond du ciel n'est plus rose,
Quand les arbres ne sont plus verts.

Je suivais la flamme qui danse
Et rit aux longs ennuis du soir,
Lorsqu'un ami de mon enfance
Auprès de mon feu vint s'asseoir.

Fier de porter un nom qui sonne
Ce visiteur, peu de mon goût,
Avait de l'or comme personne
Et de l'esprit comme beaucoup.

Point de muse en robe de gaze;
Il lui préférait son valet,
Comme il préférait à Pégase
Son cheval de cabriolet.

— Quoi ! dit-il, encore à l'étude!
Comment fais-tu pour vivre seul ?
Pauvre rêveur ! la solitude
T'enveloppe comme un linceul.

Vivre comme toi n'est pas vivre ;
Et l'on meurt à chaque moment
Si la vie entière est un livre
Fait d'une page seulement. —

— On est heureux quand on croit l'être
Lui dis-je, un rien prend mes loisirs ;
Et je suis plus heureux peut-être
Que tu ne l'es dans tes plaisirs.

Une image à peine tracée
Me fait songer de longs instants ;
Un souvenir, une pensée
Occupe mon cœur bien longtemps.

C'est ainsi qu'à cette heure même
Sur l'aile d'un rêve emporté,
Dans ce foyer j'ai vu l'emblême
L'emblême de l'humanité. —

Vraiment ! dit-il. — Oui, cette flamme
Que tu vois luire c'est l'amour;
Elle brûle; l'amour prend l'âme
Et la dessèche en un seul jour.

Ces étincelles qui jaillissent
Sont nos chères illusions
Qui naissent et s'évanouissent
En laissant dans l'œil des rayons.

Et cette cendre à peine éteinte
Est le symbole qui fait voir
La tombe où s'en va toute plainte,
Où va l'amour, où va l'espoir. —

J'entendis un éclat de rire
Et puis ces mots : — J'en fais l'aveu,
Dans ce beau foyer qui t'inspire
Mon cher... je ne vois que du feu !

LES PLAINTES D'HÉGÉSIPPE MOREAU

La gloire n'a plus son prestige
A mes yeux trompés, ô ma sœur !
Ma vie à peine sur sa tige
A déjà perdu sa douceur.
L'amertume et la jalousie
Ont pesé sur mon âme, hélas ! pour la flétrir. —
Ma sœur, j'étais si bien aux bords de la Voulzie ;
Pourquoi m'avoir laissé partir ?

Je vois encor notre chaumière
Avec sa coquette blancheur ;
Et nos coteaux pleins de lumière ;
Et nos vallons pleins de fraîcheur.
Je sens mon âme encor saisie
Devant ces champs en fleurs que Dieu semblait vêtir. —
Ma sœur, j'étais si bien aux bords de la Voulzie ;
Pourquoi m'avoir laissé partir ?

Oh! combien la vie était douce
Lorsque tous les deux nous cueillions
Des violettes dans la mousse
Et des épis dans les sillons.
Voix du passé! douce ambroisie!
Trop tard, hélas! trop tard vous venez m'avertir. —
Ma sœur, j'étais si bien aux bords de la Voulzie;
Pourquoi m'avoir laissé partir?

Je meurs, et nul qui se souvienne
Que je tombe sur mes genoux;
Je meurs, et nulle voix qui vienne
Me dire tout bas: Qu'avez-vous?
Adieu, monde! adieu, poésie!
Adieu, rêves!.. je sens mes yeux s'appesantir. —
Ma sœur, j'étais si bien aux bords de la Voulzie;
Pourquoi m'avoir laissé partir?

GROUPE.

La mère avec l'enfant c'est la tige et la fleur ;
C'est un même parfum né d'un double calice ;
C'est la voix et l'écho fondus avec délice ;
        C'est le dessin et la couleur.

C'est la grâce naïve et la pudeur austère ;
C'est la douceur de l'aube avec l'éclat du jour ;
C'est la beauté du ciel et celle de la terre ;
        C'est l'innocence avec l'amour.

4

On ne sait pas le mal que peut faire la femme
Quand l'amour a gravé ses traits au fond d'une âme ;
On ne peut concevoir quel désespoir cruel
Peuvent donner ces yeux où l'on cherche le ciel ;
Ce qu'on peut en souffrir ne saurait se décrire :
Vous aimez une femme ; elle est là ; son sourire
Fait surgir devant vous des éblouissements ;
Le son de sa parole a des enivrements ;
Elle se laisse aimer ; elle en est même heureuse ;
Elle écoute en rêvant l'élégie amoureuse ;
Puis un jour, étreignant le cœur à l'écraser,
Elle ouvre en frissonnant sa lèvre en un baiser.
Alors le ciel rayonne et votre âme en délire
A des strophes d'amour comme une sainte lyre ;
La vie entière semble un long enchantement ;
C'est l'adoration et le ravissement ;
C'est l'ivresse constante et l'extase éternelle ;
C'est... c'est le désespoir qui sur vous tend son aile !..
Ah ! si tous les désirs à vos sens inspirés
Courbent trop votre front sur des pieds adorés,

Relevez-vous bien vite ou tremblez... cette femme
Va bientôt s'emparer sans pitié de votre âme;
Elle fera peser sur vous un joug de fer;
Sa main blanche ouvrira les portes de l'enfer;
L'ange sera démon et votre destinée
A son caprice vain sera subordonnée.
Relevez-vous plutôt... la femme est faite ainsi :
Trop de dévotion vous met à sa merci;
Si vous lui parlez trop du mal qui vous tourmente
Plus votre amour grandit, plus sa froideur augmente;
Et quand vous pleurerez en baisant ses genoux
C'est un mot dédaigneux qui tombera sur vous.
Mais si vous contenez votre folle tendresse;
Si plié par l'amour votre front se redresse
Quand vous sentez en vous qu'on le courbe trop bas,
Le despote adoré se rendra sans combats;
Il deviendra l'esclave et vous aurez le charme
De l'amour sans douleurs et du bonheur sans larme.
C'est navrant d'amertume !.. ah ! plutôt que de voir
Une femme exercer sur vous un tel pouvoir,
Plutôt que cet abîme où le cœur vous entraîne,
Portez le bistouri tranchant dans la gangrène;
Faites rougir le fer et brûlez sans retour
Ce cœur dont chaque fibre est saignante d'amour !

LA FÉE.

De son char qui planait dans l'azur solitaire
Une fée aux yeux bleus se détachant soudain
Dans un nuage d'or descendit sur la terre
Au milieu d'un riant jardin.

Le lis avec bonheur laissait voir son calice ;
Le lilas secouait des parfums enchanteurs ;
Et l'œillet devant eux ouvrait avec délice
Son beau corset plein de senteurs.

Et tout près de ces fleurs dont le charmant prestige
Faisait du vert parterre un tapis ravissant,
Une rose orgueilleuse étalait sur sa tige
Son coloris éblouissant.

Puis une jeune enfant, belle comme on est belle
Lorsque douze printemps parent un front joyeux,
Caressait du regard la fleur qui devant elle
Jetait un long sourire aux yeux.

C'est dans ce beau jardin plein de fleurs et de joie
Que la fée aux yeux bleus de son char descendit;
Et sur elle pliant ses deux ailes de soie
A la jeune fille elle dit :

— Belle enfant! cette rose où la brise se joue
Captive tes regards parmi ce jeune essaim ;
Je puis si tu le veux imprimer sur ta joue
Le frais incarnat de son sein. —

Et l'enfant sans parler semblait dire : je n'ose !
Alors d'un doux sourire éclairant sa beauté
La fée en un baiser lui donna de la rose
La fraîcheur et le velouté.

Et la naïve enfant dans sa joie empressée
Sur les bords d'un bassin se pencha pour se voir ;
Et sourit de bonheur à l'image bercée
Au fond du liquide miroir.

Mais craignant qu'à la jeune et charmante coquette
Le souffle de l'orgueil ne fît un jour affront,
La fée alla cueillir une humble violette,
Et la lui posa sur le front.

L'OPINION D'UN INSECTE.

Une haute montagne un jour parlait ainsi :
— Je domine ces lieux ; je suis reine d'ici ;
Moins haut que mon sommet l'aigle établit son aire ;
J'écoute sans trembler les éclats du tonnerre ;
Et l'ouragan qui passe et rugit dans les cieux
Trouve devant ses cris mon front silencieux.
Quand la terre frémit dans sa base profonde,
Je la contiens ; je suis le contre-poids du monde !
Aussi, j'élève au ciel un front dominateur,
Car il n'est que le ciel qui sache ma hauteur ! —
Tandis qu'elle parlait, sur la cime superbe
Un insecte, soudain s'élançant d'un brin d'herbe,
Ouvrit sa petite aile et dit : — Regarde-moi ;
O mont voisin du ciel ! suis-je moins haut que toi ? —

LA PANOUSE.

I.

Quand le printemps fleurit et que la brise est douce ;
Quand on sent les parfums de la tiède saison ;
Le ciel bleu sur la tête et les pieds dans la mousse
Il est doux d'attacher son âme à l'horizon.

Il est doux de sourire au nuage qui passe
Et s'en va dans le ciel avec des ailes d'or ;
D'écouter le silence éloquent de l'espace ;
Et les vagues soupirs de la mer qui s'endort.

Il est doux de voir l'air s'envelopper de voiles,
Tandis qu'obéissant aux ordres du saint lieu
Une main invisible allume les étoiles
Dans l'infini, ce vaste appartement de Dieu.

II.

La Panouse! c'est là que j'ai senti revivre
Mon cœur dans le silence et dans l'air pur baigné;
C'est là qu'à mes regards s'est ouvert ce beau livre,
Ce poème éternel que Dieu même a signé.

Ce livre rayonnant dont les pages sublimes
Respirent la lumière et la sérénité;
Ce volume formé de splendeurs et d'abîmes
Et que la langue humaine appelle : Immensité.

Voici le vert sentier bordé de lauriers-roses;
Voici les genêts d'or, les odorants lilas;
Voici l'allée ombreuse où l'on se dit ces choses
Que l'on comprend bien mieux quand on parle tout bas.

Voici le pavillon que le jasmin parfume;
Le parterre émaillé; la terrasse où le soir
Quand l'horizon se voile et s'endort dans la brume
Les jeunes vont courir et les vieux vont s'asseoir.

Ici, dans son fauteuil la grand-mère s'oublie
A suivre du regard les enfants dans leurs jeux ;
Ils viennent auprès d'elle et son âme est remplie
Par ces lèvres en fleurs qui baisent ses cheveux.

Là, les fraîches senteurs qui montent des prairies,
Les souffles embaumés qui s'élèvent dans l'air,
Se mêlent aux douceurs des longues causeries
Dont on garde longtemps le souvenir bien cher.

Plus loin, ce sont les pins dont la voûte odorante
Fait un vert parasol contre les feux du jour ;
Où la brise en passant dans l'ombre murmurante
A des inflexions qui font rêver d'amour.

O repos de la vie ! ô beau site ! ô merveille !
O splendide horizon d'azur et de carmin !
Soyez toujours pour moi le bonheur de la veille ;
Soyez toujours pour moi l'espoir du lendemain.

LE VIEUX LABOUREUR.

Pauvre vieux laboureur ! il a courbé l'échine
Sous quarante ans de durs travaux ;
Quarante ans cette maigre et débile machine
Ouvrit le sol avec les bœufs et les chevaux ;
Quarante ans le soleil en montant dans l'espace
Le vit penché, la bêche en main,
Ne disant rien au jour qui passe
Sachant qu'il amenait un égal lendemain.

Ses jours vécus ne sont qu'une longue détresse ;
Le corps plié, le front qui luit,
Il fit sortir du sol que sa sueur engraisse
Le pain que bien souvent il n'avait pas pour lui.

Pauvre vieux ! maintenant il mendie et personne
Ne songe à son destin fatal ;
On sait bien que si l'heure sonne
Il aura pour mourir un grabat d'hôpital.

Voyez un peu plus loin : — C'est un vieux militaire
A l'air rude, aux sourcils épais ;
Il fume, il jure, il boit ; sa pipe est un cratère ;
Et sa bouche un obus pour mitrailler la paix.
Vingt ans il a marché sur l'Europe embrasée
L'arme au poing, la cartouche aux dents ;
Et sa capote s'est usée
Dans la poussière en feu des bataillons grondants.

Vingt ans sa baïonnette avide s'est plongée
Dans la gorge des nations ;
Vingt ans devant ses pas l'Europe saccagée
A hurlé dans le sang et les convulsions.
Il a tué, tué !.. la mort fut sa compagne
Aux champs d'Arcole et d'Iéna ;
Sous le torride ciel d'Espagne ;
Sur les mornes glaçons de la Bérésina.

Si ceux qu'il égorgea sortaient leur tête pâle
De leur suaire ensanglanté;
Si l'on pouvait ouïr ce formidable râle,
La stupeur saisirait le crâne épouvanté.
Qu'importe? c'est la loi! loi hideuse, oppressive!
Code à l'avilissant pouvoir
Où l'obéissance passive
Fait de l'homme un tueur et du meurtre un devoir!

Aussi le vieux soldat vit-il de sa retraite
Quand le laboureur tend la main...
Apre société! c'est ainsi qu'elle traite
Ceux que penche sans cesse un labeur surhumain;
C'est ainsi qu'elle outrage ou qu'elle prostitue
Le droit par Dieu même prescrit,
Pensionnant celui qui tue,
Laissant mourir de faim celui qui la nourrit!

ENGLISH IMPRESSION.

Quand on a vu le ciel, le beau ciel de la France
Avec son dôme bleu, ses lumineux reflets ;
Avec son beau soleil d'où tombe l'espérance ;
Et qu'il faut le quitter pour les brouillards anglais ;

L'âme ne sourit plus ; elle est triste et fermée
Sans joie et sans amour dans un linceul d'ennuis.
Que peut donc inspirer ce pays de fumée,
Ce pays où les jours sont semblables aux nuits ?

Pas un rayon qui vienne à travers la distance
D'une vague lueur flatter l'horizon noir ;
Partout l'air épaissi ; partout la brume intense
Qui fait se coudoyer bien avant de se voir.

Parfois si dans les plis d'un nuage d'opale
Le soleil languissant parvient à se montrer,
Il a dans ce ciel blême un visage si pâle
Qu'il semble avoir le spleen ou qu'il vient de pleurer.

Aussi, moi qui préfère à toute autre fortune
Le jour éblouissant allongé sur nos toits,
Je crus en plein midi reconnaître la lune
Quand je vis ce soleil pour la première fois.

Et pourtant les Anglais sont fiers de leur patrie...
Aimer un tel pays! aimer de pareils cieux!
Aimer cet air épais où la joie est flétrie!..
Ah! l'amour a vraiment un bandeau sur les yeux.

Mais il faut pardonner l'esprit qui se dérègle;
Et l'on doit excuser cet orgueil sans pareil,
Car c'est avec raison qu'on peut se croire un aigle
Lorsqu'on peut fixément regarder le soleil.

CE QU'ELLE AIME.

— J'aime, m'a-t-elle dit, l'ombre des bois épais;
Le tranquille vallon où le cœur rêve en paix;
Le ruisseau qui s'enfuit sous sa berge attiédie
Et module en fuyant sa fraîche mélodie;
J'aime les voix du soir; le chant vague et lointain
Qui monte des forêts sur un mode incertain;
J'aime le papillon, cette autre fleur qui vole
Et caresse ses sœurs de son aile frivole;
J'aime les bois en fleurs; le rocher de granit;
Et le petit oiseau qui chante dans son nid;
J'aime... mais arrêtant sur sa lèvre fleurie
Les sons mélodieux de cette voix chérie :
— Tant d'amour qu'à la fois ton cœur peut renfermer
Laisse-t-il dans ce cœur la place pour m'aimer? —
Elle a fixé sur moi son doux regard : — La femme
Aime avec tout le cœur, aime avec toute l'âme;
Et si tout à mes yeux prend un aspect vermeil,
C'est que mon amour luit sur tout comme un soleil;
Et qu'en rêvant de toi ma joie est si profonde
Qu'elle pourrait s'étendre et contenir un monde!

A LA FILLE DE DANIEL MANIN.

L'exil fut sa tombe

Bien que l'aigle noir plonge un bec ensanglanté
    Dans le cœur de la liberté
Gisante aux pieds d'un roi, violée et meurtrie;
Bien que le code extrait d'un sinistre alphabet
    Y soit ouvert sur un gibet;
Que tu devais aimer le sol de la patrie!

Oh! tu devais l'aimer, pauvre exilée! aussi
    Sur ton front d'ennuis obscurci
On lisait la pâleur que l'exil éternise;
Et malgré le sourire où ton cœur se voilait
    Enfant! pour vivre il te fallait
Les brises d'Italie et le ciel de Venise.

Tu devais ramener ton jeune souvenir
Vers ce passé plein d'avenir
Où ton pays semblait beau de sa gloire antique;
Où la liberté sainte a vu du haut de l'air
Les flots du peuple et de la mer
Remplir d'un cri d'amour la rive adriatique.

Et tu voyais encor ces bords, ces bords chéris;
Tes sentiers d'orangers fleuris;
L'onde bleue où courait l'aile de ta gondole;
Ton soleil d'où tombait une chaude clarté;
Et puis assis à ton côté
Ton père dont Venise avait fait son idole.

Mais la réalité t'arrachait le bandeau;
Et la douleur comme un rideau
S'étendait sur ton âme et lui jetait son ombre;
Et de tes jours passés le fugitif essaim
Soulevait dans ton jeune sein
Des soupirs dont Dieu seul a dû compter le nombre.

Que tu devais souffrir! l'exil, l'isolement
Vers ton cœur montaient lentement

Comme la nuit qui monte au front d'une colline;
Tu devais regretter les temps évanouis;
Sans ta mère, sans ton pays,
Enfant! n'étais-tu pas doublement orpheline?

Aussi, beau lis penché qui luttais en priant,
Tu t'es éteinte en souriant
Comme un dernier rayon du jour qui se retire;
Et ton âme de sainte en nous disant adieu
A dû paraître devant Dieu
Belle de sa beauté, belle de son martyre!

O vierge! c'est ainsi que l'exil accablant
A fait s'incliner ton front blanc;
Qu'il a séché tes jours sur leur tige fleurie;
C'est ainsi que leur cours au ciel est remonté :
Aux proscrits de la liberté
Le ciel offre-t-il seul encore une patrie?...

Oh! sans doute déjà dans les champs constellés
Tu plaides pour les exilés;
Et tu joins ta prière à celle de ta mère,
Pour que Dieu qui connaît les maux qu'ils ont soufferts
Allège le poids de leurs fers,
Et mette enfin un terme à leur angoisse amère.

Et pendant que ta voix implore Dieu pour eux,
Pleins d'un souvenir douloureux
Nous pleurons tes vertus dans la tombe gardées ;
Nous pleurons ta jeunesse éteinte sans douceur ;
Car nous t'aimions comme une sœur :
Déjà n'étais-tu pas la sœur de nos idées ?

Et comme telle aussi nos cœurs ont pris le deuil ;
Et ceux qui loin de ton cercueil,
Enfant ! n'ont pu t'offrir une larme dernière ;
Ceux que le nord retient sous leur ciel engourdi ;
Ceux que berce l'air du midi
Ont ouvert jusqu'à toi l'aile de leur prière.

Ils ont redit ton nom tant de fois prononcé ;
Et dans leur âme ils ont dressé
Un pieux sanctuaire à ta jeune mémoire ;
Puis ils ont salué ces hommes pleins de foi
Qui suivant ton humble convoi
Te faisaient un cortége éblouissant de gloire.

Oh ! tous nos souvenirs t'environnent d'amour,
Pauvre ange exilé ! mais un jour

Après de longs combats, des luttes étouffantes,
Tu verras ton grand nom s'agrandir; tu verras
Le peuple avec ses mille bras
Ramener de l'exil tes cendres triomphantes.

Tu verras ceux dont l'œil se voile encor de pleurs
Tresser des couronnes de fleurs
Et les suspendre au front de ton blanc mausolée;
Tu regretteras moins les temps évanouis,
Car les brises de ton pays
Berceront doucement ton ombre consolée.

Et tu seras heureuse alors; les peuples forts
Uniront leurs puissants efforts
Pour donner à leurs droits une base profonde;
La loi ne sera plus un fer ensanglanté;
Et l'aile de la liberté
S'étendra dans le ciel et couvrira le monde!

Mai 1853.

LA BAIGNEUSE.

Belle enfant, garde toi de venir en ces lieux
Te baigner quand le jour luit encor dans les cieux;
L'ombre qu'en se mêlant ce feuillage te prête
Ne saurait protéger ta pudique retraite.
C'est ainsi que sans but mon regard s'est porté
Sous cet ombrage humide et plein de volupté;
Et j'ai vu, belle enfant à la fraîche parure,
Ton indolente main dénouer ta ceinture;
J'ai vu les plis légers de chaque vêtement
Sur tes pieds blancs et nus descendre lentement;
J'ai vu ton corps plonger dans l'onde transparente;
Et l'onde qui le berce avec sa grâce errante
M'a montré tour-à-tour ton sein plein de candeur
Et de ton jeune flanc la naissante rondeur.
Enfant, ne reviens plus dans ce lieu solitaire;
La pudeur voit moins bien dans l'ombre et le mystère,
Et ne soupçonne pas que ce dôme abrité
Peut ainsi laisser voir ta chaste nudité.

A JULIE.

Vois cet arc déployé dans les bornes du monde;
Vois cette grande mer, vois son immensité;
Vois ces monts dont les flancs et la base profonde
Contempleront l'éternité.

Regarde-les; eh bien! leur géante structure;
Cet arc prodigieux d'où ruisselle le jour;
Ces abîmes sans fin, cette immense nature
Est moins grande que mon amour!

Au milieu de l'Eden était un lac d'azur
Aux bords rêveurs et pleins d'harmonieux murmures;
Les oiseaux modulaient sous les fraîches ramures
Leur chant mélodieux et pur.

Le ciel réfléchissait dans le cristal de l'onde
Sa lumière sereine et sa limpidité;
On sentait le bonheur près de l'éternité
Dans ce coin du céleste monde.

Aussi, son beau front d'ange incliné mollement
Eve égarait souvent sa douce rêverie
Sous les arceaux de feuille et dans l'herbe fleurie
Qui s'offrait à son pied charmant.

Elle aimait ce jardin plein d'ombre et de ramage.
Un jour, penchée au bord du limpide cristal,
Comme un soudain rayon dans un songe idéal
Elle vit naître son image.

Son beau visage au fond du mobile miroir
Apparut si suave et d'une grâce telle
Que ne pouvant se croire elle-même aussi belle,
C'est un ange qu'elle crut voir.

Alors elle sourit... un sourire adorable
Se dessina dans l'onde et répondit au sien ;
Son cœur eut un frisson mais qui n'enleva rien
A sa candeur incomparable.

Elle resta penchée ainsi longtemps encor ;
Et lorsqu'à son époux elle voulut tout dire
Elle fit rayonner l'ineffable sourire
Au milieu de ses cheveux d'or.

Adam frémit devant sa compagne chérie ;
Son cœur battit plus vite et son œil se voila ;
Eve continua de sourire... voilà
Comment vint la coquetterie.

Mais là-haut dans le ciel on en fut alarmé ;
L'amour doit y garder sa plus divine essence ;
Et la coquetterie altérant l'innocence
L'Eden céleste fut fermé.

Un ange les bannit de ce lieu plein de charme;
Mais à l'heure où tous deux en franchirent le seuil
Eve sentit un poids humide sous son œil:
Ainsi vint la première larme.

O larme! perle sainte! appui dans l'abandon!
Ton amertume même adoucit la souffrance;
Par toi le désespoir retrouve l'espérance;
La faute trouve le pardon.

Par toi le repentir amoindrit sous son aile
Le remords que déjà ton contact a lavé;
Par toi tout ce qui tombe est soudain relevé;
Et l'espérance est éternelle.

Aussi le diamant du cœur d'Eve monté
Ne s'égara-t-il pas vainement sur la terre;
L'ange le fit tomber par un divin mystère
Dans le cœur de l'humanité.

Et depuis ce moment, tel est l'ordre suprême
Auquel chacun de nous sans murmure souscrit,
Lorsque l'amour surgit aux regards, on sourit;
Mais il faut pleurer quand on aime.

A PROPOS DE PORTE.

— Madame, tout mon cœur vous appartient. — De grâce !
Ne parlez pas d'amour... n'avez-vous pas compris
Que les aveux constants de votre cœur épris
Sur moi n'ont pu laisser de trace ? —

— Je vous aime. — Toujours l'immuable refrain ;
Ce serait une douce et fraîche mélodie
Qu'elle fatiguerait mon oreille engourdie...
A tant d'amour mettez un frein. —

— Et pourtant je le dis encore : Je vous aime :
C'est l'immuable écho, le refrain éternel ;
Mais les cœurs sur la terre et les anges au ciel
Connaissent-ils un autre thème ?

Est-il un autre mot qui puisse dire mieux
Ce qui charme la vie et ce qui remplit l'âme ?
Quelle autre expression dirait mieux à la femme
Ce que le cœur contient d'aveux ?

Eh bien ! à vos genoux ces mots je les apporte ;
Je sème mon amour sur chacun de vos pas ;
Je frappe à votre cœur comme on frappe à la porte ;
Mais la porte ne s'ouvre pas. —

Alors elle m'a dit avec sa voix aimée :
— Vous faites de mon cœur une porte, c'est bien ;
Mais à propos de porte il faut, on en convient,
Qu'elle soit ouverte ou fermée ;

Et je ferme la mienne... il vaut mieux oublier. —
— Hélas ! de tant d'amour mon cœur vous fait l'offrande,
Que si vous n'ouvrez pas la porte toute grande
Vous pourriez bien l'entrebailler. —

J'ai vu s'illuminer son sourire de femme ;
Sur moi son doux regard s'est fixé sans courroux ;
Elle m'a dit : — Un autre en entrant dans mon âme
A tiré sur lui les verrous. —

LE PHARE.

Salut, phare!.. debout sur l'océan qui gronde,
Imposant dans ta majesté,
Comme un autre soleil tu jettes sur le monde
Une éblouissante clarté.
En vain autour de toi l'écho profond répète
Les souffles orageux de l'air;
En vain autour de toi l'aile de la tempête
Ombre le ciel, gonfle la mer;
En vain de ses éclats le tonnerre crevasse
Les bords de l'horizon fumant;
En vain l'ouragan sombre épouvante l'espace
D'un colossal rugissement;
Ton front prodigieux domine les orages;
Et ta fière sérénité
Dédaigne tous les cris avec toutes les rages
O phare! ô sainte liberté!

STANCES A ROSSINI.

Lues au Grand-Théâtre de Marseille, le 20 Novembre 1868.

Un jour que dans le ciel la divine phalange
D'ineffables accords remplissait l'infini,
Une des lyres d'or, tremblante aux mains d'un ange,
Tomba toute vibrante aux mains de Rossini.

Et l'homme tressaillit à ce contact suprême;
Il se sentit frémir dans un frisson sacré;
Et comme si du doigt Dieu l'eût touché lui-même
Une étoile éclaira son front transfiguré.

Il chante... quels accents! quelle pure harmonie!
Toutes les passions éclatent tour-à-tour;
La foi monte vers Dieu dans un cri de génie;
L'âme entière se fond dans un élan d'amour.

Moïse jette au ciel ses notes inspirées
Où l'on entend gronder l'écho du Sinaï ;
La sereine splendeur des régions dorées
Apparaît à sa voix devant l'œil ébloui.

Otello donne peur avec sa douleur folle ;
Et quand Desdémona, le regard vers les cieux,
Soupire sur son luth la romance du Saule
On voit des pleurs d'amour couler de tous les yeux.

Mathilde et ses accents poétisent la vie ;
Et d'un frémissement le peuple est agité
Quand devant les malheurs de la Suisse asservie
Guillaume-Tell entonne un chant de liberté.

Chaque phrase qui tombe est une œuvre admirable ;
Chaque note qui fuit donne un ravissement ;
Le monde entier s'attache à ce rythme adorable
Qu'on n'avait entendu que dans le firmament.

Aussi le ciel jaloux de la terre en délire
Au concert radieux a voulu mettre fin ;
Il a repris le cygne ; il a repris la lyre
Qui jadis échappait aux doigts d'un séraphin.

LES DEUX VOIX.

Une voix me disait : — Ecoute, si tu sens
Quelque chose du ciel inspirer tes accents ;
Si ton âme s'attache à l'idéal et crée
Des vers brûlants encor d'une flamme sacrée ;
Loin du seuil où riait le matin de tes jours,
Loin de ta mère et loin de ces lieux dont toujours
Le cœur garde avec lui la pieuse mémoire,
Va chercher dans Paris ton baptême de gloire.
Paris est un soleil ; c'est le centre éclatant
Où le monde attentif fixe un regard constant ;
Il sacre le génie ; et quand sa voix annonce
Un nom, soudain en chœur la France le prononce.
Marche vers l'avenir ; va, surtout si tu sens
Quelque chose du ciel inspirer tes accents. —

L'autre voix me disait : — Eh quoi ! dans ton délire
Tu voudrais loin de nous faire vibrer ta lyre ;
Oh ! ne t'éloigne pas de ceux qui t'aiment tant ;
Tu ferais trop verser de larmes en partant.
Reste, reste en ces lieux ; une gloire éphémère
Valut-elle jamais les baisers d'une mère,

Et les plus beaux succès obtenus chaque jour
Embaument-ils le cœur autant qu'un peu d'amour?
Reste dans ces beaux lieux où la brise qui chante
Module pour ton âme une strophe touchante;
Reste avec tes vallons embaumés qui le soir
Exhalent leurs senteurs comme un vaste encensoir;
Et puis, crois-moi: ton luth, loin de ton sol antique,
Détendu par l'ennui n'aurait plus de cantique;
Là-bas, quand parmi nous éclosent les beaux jours
L'air n'a point de parfums, le ciel pleure toujours;
Dans l'horizon voilé nul rayon ne s'allume;
Et l'âme comme l'œil s'enveloppe de brume.
Ne pars pas; reste auprès de ceux qui t'aiment tant;
Tu ferais trop verser de larmes en partant. —

Et les deux voix ainsi me parlaient; la première
Me montrait l'avenir rayonnant de lumière;
L'autre, tendre et voilée ainsi qu'un demi-jour,
L'éclairait doucement de bonheur et d'amour.
Mais entre ces deux voix mon âme palpitante
Ne devait pas flotter dans une longue attente;
J'ai préféré garder mon toit, mes bords chéris;
Ce calme que sans doute on n'a pas à Paris;
Mes chansons d'où s'enfuit l'ombre d'une chimère;
Et sous mon ciel aimé les baisers de ma mère.

Octobre 1860.

DANS L'ATELIER D'UN PEINTRE.

I.

J'étais dans l'atelier d'un peintre :
C'était l'heure où le jour s'enfuit
Vers le haut du céleste cintre ;
Où le monde s'ouvre à la nuit.

C'était l'heure où l'on se repose
Dans un rêve silencieux ;
Où pour voir la plus belle chose
Il suffit de fermer les yeux.

J'étais seul ou je croyais l'être ;
Et j'en étais heureux, ma foi !
Lorsque soudain je vis paraître
Une femme en face de moi.

La porte demeurait fermée,
La fenêtre aussi; cependant
Cette belle forme animée
Était bien là, me regardant.

D'où pouvait-elle être venue?
Avait-elle pris pour me voir
Une des vapeurs de la nue,
Ou l'un des sourires du soir?

Pourtant, après un long silence
Qui me permit de voir combien
Elle avait de rare élégance,
Je dus commencer l'entretien.

II.

— Puisque c'est un bonheur, Madame,
De voir rayonner près de soi
Un charmant sourire de femme,
Nul n'est heureux autant que moi.

Mais que votre bonté pardonne
A mon premier étonnement;
Je croyais n'avoir vu personne
Entrer dans cet appartement.

Tout-à-l'heure, à la même place,
L'œil rêveur j'allais sans effort
De l'équateur aux mers de glace;
Du pôle sud au pôle nord.

Je traversais la terre et l'onde
Sans trouver le voyage long ;
Et je faisais le tour du monde
Comme le tour de ce salon.

Ainsi, sans que je me l'explique,
Vous voilà, Madame, et pour vous
Comme sur un fil électrique
Je reviens de chez les Indous.

Daignez donc me faire connaître
Si vous êtes venue ici
Par la porte ou par la fenêtre...
Pardon de vous parler ainsi;

Mais, en vérité, vous me faites
L'effet d'une apparition;
Et je ne sais plus si vous êtes
De l'être ou de la fiction.

Quelle folie! allez-vous dire. —
Mais elle ne répondit rien ;
Elle garda son beau sourire;
Et seul je repris l'entretien.

III.

— Je deviens sérieux, Madame;
Et je n'ose plus vous parler
Qu'avec une crainte dans l'âme:
Celle de vous voir envoler.

Car votre beau front qui s'incline
Comme un lis dans les nuits d'été
Semble me dire l'origine
De votre céleste beauté.

Peut-être votre blanche robe
Que dans l'ombre je vois encor,
Sous ses plis chastes me dérobe
Le reflet de vos ailes d'or.

Parlez-moi, car bientôt sans doute
Vous fuirez ce monde réel ;
Parlez-moi ; qu'un instant j'écoute
Le langage qu'on parle au ciel.

Dites-moi vous être perdue
Au fond de l'horizon vermeil ;
Et vers nous être descendue
Dans les derniers feux du soleil.

Dites-moi que vous êtes l'ange
Que parmi nous Dieu laisse errer ;
Et moi je vous donne en échange
Tout mon cœur pour vous adorer.

Je suis bien coupable, Madame ;
Je plaisantais en vous parlant ;
Et voilà que j'ai dans mon âme
Votre sourire étincelant.

Voilà que ce divin sourire
Me fait peur tant il peut charmer ;
Et je ne sais comment vous dire
Que je suis prêt à vous aimer. —

A ces paroles inquiètes,
Devant un semblable discours,
A moins qu'elles ne soient muettes
Les femmes répondent toujours.

Et pourtant dans l'atelier sombre
Nul écho ne vint expirer ;
Mon esprit se remplissait d'ombre ;
Quand sans doute pour l'éclairer

Une servante familière
Entrant soudain d'un air distrait
Vint apporter de la lumière...
J'étais en face d'un portrait.

L'EXILÉ.

Sur les bords indiens un proscrit malheureux
Pleurait au souvenir si cher de la patrie ;
Son front pâle et creusé de sillons douloureux
Révélait son âme flétrie.

Ceux qu'il aimait le plus étaient si loin !.. un soir
Il pensait tristement à la France, son rêve,
Lorsqu'une jeune fille avec lui vint s'asseoir
Sur le sable d'or de la grève.

Elle semblait un ange ; un sourire charmant
Errait avec amour sur sa lèvre entr'ouverte ;
Ses beaux cheveux cendrés noués négligemment
Portaient une couronne verte.

— Ecoute, lui dit-elle avec sa douce voix,
Ma patrie est au ciel ; mais par un saint mystère
Je quitte le séjour éternel quand je vois
Des pleurs à sécher sur la terre.

Et je viens près de toi; je viens, pauvre exilé !
Alléger le fardeau de ta douleur amère ;
Je viens sécher tes pleurs ; j'en ai tant consolé
Qui pleuraient la France et leur mère !

Quel que soit le destin que l'exil puisse offrir,
Il le faut accepter sans murmure et sans plainte,
Il faut savoir se taire, il faut savoir souffrir
Pour une cause grande et sainte.

Après les mauvais jours les jours meilleurs viendront ;
L'avenir est muet mais plein de grandes choses ;
Tel qu'on voit aujourd'hui la pâleur sur le front
Qui demain y mettra des roses.

Courage ! quand tu vois proscrire la vertu ;
Lorsque le désespoir lui-même n'a plus d'armes ;
Pourquoi lever au ciel un visage abattu ?
Raidis ton front, sèche tes larmes.

Sois fier d'être jeté si loin du sol natal.
Quand la liberté meurt l'exil est une gloire ;
Et le moindre rocher devient un piédestal
Qui d'un nom garde la mémoire.

Sois fier en espérant des temps meilleurs ; crois-moi
Tu reverras la France et ta mère chérie ;
Tu reverras la France et l'on dira de toi :
Il a souffert pour sa patrie ! —

Et le pauvre exilé rêvait en écoutant ;
Il sentait dans son âme une force nouvelle
Comme à l'heure bénie où dans l'âme on entend
Une voix que le ciel révèle.

Puis il dit en séchant les larmes dans ses yeux :
— O toi qui viens si loin me parler de la France,
Dis-moi quel est ton nom, messagère des cieux ?—
— Mon nom ? je m'appelle : Espérance !

A GENOUX.

Il s'est mis à genoux devant elle : — Madame,
A-t-il dit en joignant les mains,
Vous avez ma pensée et vous avez mon âme ;
Mon cœur ne sait d'autres chemins
Que celui qui le mène à vos pieds... Je vous aime
D'un amour sans borne, et je sens
Que pour en exprimer la grandeur le ciel même
N'aurait pas d'assez doux accents.

Quand, levé sur mon ombre, un beau sourire étoile
Votre lèvre que j'aime tant,
Il semble que les cieux laissent tomber leur voile
Devant mon regard palpitant.
Je vous aime... Un seul mot, les choses les plus vaines,
Un frôlement, un vague son,
Tout ce qui vient de vous fait courir dans mes veines
Un bonheur chargé de frisson.

Quand je vous aperçois je sens battre plus vite
Ce cœur que vous avez rempli ;
Vous êtes le soleil autour duquel gravite
Mon rêve encor inaccompli ;
Vous êtes l'horizon où ma vue est fixée ;
Et l'amour que vous m'inspirez,
Eternelle senteur dans mon âme versée
Retourne à vos pieds adorés.

Quand le matin s'éveille et qu'un flot de lumière
Sourit aux vallons embaumés,
Votre image suave apparaît la première
A mes yeux encore fermés ;
Vous me semblez avoir cette beauté qui touche
Comme ont les anges du ciel bleu ;
Et votre nom si cher vient flotter sur ma bouche
A côté de celui de Dieu.

Encor vous ! toujours vous !... ce qui vient, ce qui passe,
Les astres d'or, la nuit, le jour,
La terre et l'océan, le ciel profond, l'espace,
Tout semble plein de mon amour ;
J'use dans cet amour... — Soudain son œil regarde
Autour d'elle dans le salon :
— Encore à mes genoux ! dit-elle, prenez garde ;
Vous usez votre pantalon. —

UNE AUTRE VIEILLE HISTOIRE.

C'était dans un vieux temple, aux pieds du sanctuaire;
La clarté faisait place à l'ombre qui tombait ;
Un pauvre homme y venait répandre sa prière
En relisant sans cesse un antique alphabet.

Quelqu'un lui dit :—Eh quoi ! c'est presque du délire !
Plutôt qu'un psaume, écho des harpes du saint-lieu,
C'est ce vieil alphabet qu'ici vous venez lire ?
Quelle étrange prière adressez-vous à Dieu ? —

Il répondit : — Mon cœur vers le maître des maîtres
Va pour le bien de tous et la fin de nos maux ;
Mais je ne sais pas lire et j'épèle les lettres ;
Dieu là-haut dans sa grâce arrangera les mots.

UNE MÉTAPHORE.

Lorsque le ciel est plein de sinistres éclairs;
Quand l'orage s'élance et bondit dans les airs
        Où se déchaînent ses colères;
Quand des monts envahis l'on ne voit plus le front;
Quand la foudre en fureur éclate, roule et rompt
        Le tronc des chênes séculaires;

Il semble que les cieux sur eux-même affaissés
Vont engouffrer dans l'air leurs arceaux crevassés
        Aux coups de l'ouragan qui passe;
Qu'un effrayant chaos confond les éléments;
Et que le monde entier, à ses derniers moments,
        Jette un long râle dans l'espace.

Le spectacle est affreux; l'œil voit avec terreur
Se gonfler les torrents dont les vents en fureur

Frappent les ondes tourmentées;
Le cœur a des frissons; l'âme est pleine de cris
Devant ces flots roulant avec mille débris
Dans les campagnes dévastées.

C'est horrible; l'esprit se trouble en y pensant...
Mais lorsque dans l'espace où court son vol puissant
L'ouragan a plié ses ailes;
Quand l'air ne jette plus des sons épouvantés;
Lorsque la foudre endort ses livides clartés
Dans les régions éternelles;

A côté du désastre un rayon d'espoir luit;
L'horizon jadis plein d'ombres comme la nuit
S'ouvre et reprend sa ligne austère;
L'air éclairci n'a plus cette lourde vapeur
Qui contient le tonnerre et qui donne la peur
Quand sa masse envahit la terre.

Bientôt le sol fécond donne en ouvrant son sein
Des moissons par milliers et des fleurs par essaim;
Toutes les mains sont à l'ouvrage;
Le bien-être sourit comme sourit le ciel;
Et pourtant ce bonheur, ce calme universel
Ne sont venus qu'après l'orage.

Ainsi le souffle ardent des révolutions
Est rempli de terreurs et de convulsions ;
Il soulève dans ses colères
Des orages sans nom, des tempêtes sans frein
Dont la violence éclate avec un bruit d'airain
Au sein des masses populaires.

Des tonnerres de cris et des trombes de chair
Rompent en mugissant tous les échos de l'air ;
C'est la cataracte vivante !
C'est le peuple qui tord ses flots audacieux,
Et jette ces clameurs profondes que les cieux
Entendent avec épouvante.

Le sol tremble sous lui ; de sa puissante main
Même à travers le sang il se fraie un chemin ;
Les plus formidables murailles
S'effrondrent quand il passe, et sa géante voix
Lance un hymne qui tinte à l'oreille des rois
Comme un long glas de funérailles.

Les sceptres sont rompus, les trônes emportés ;
Une sombre terreur règne dans les cités,

Une terreur que rien n'apaise ;
Et l'on voit resplendir au fond de l'horizon
Ces mots tracés avec un flamboyant tison :
Quatre-vingt-neuf ! quatre-vingt-treize !

Et l'œuvre s'accomplit... puis quand le noir torrent
Ne roule plus ses flots épaissis en courant ;
Lorsque la tempête engourdie
N'a plus ses grondements qu'elle emprunte à l'enfer ;
Quand le peuple retient dans ses poumons de fer
L'hymne qui porte l'incendie ;

Sur les débris fumants de la société
Paraissent la Justice avec la Liberté ;
La clarté du ciel les inonde ;
Le despotisme râle à leurs pieds étendu ;
Et ces flots soulevés et ce sang répandu
Auront fait le bonheur du monde.

ADIEUX

A MARIE FAVART ET A DELAUNAY.

Lus au Théâtre du Gymnase, le 31 Août 1869.

L'an dernier, quand la foule émue et chaleureuse
Venait battre des mains devant vous chaque soir ;
Quand les bravos couraient dans la salle fiévreuse,
Vous nous avez tous dit : Nous viendrons vous revoir.

Par de beaux vers tombés d'une bouche inspirée
Vous en avez pris tous l'engagement flatteur ;
Et Marseille a gardé la promesse sacrée
Comme un trésor sans prix dans le fond de son cœur.

Nous voulions applaudir encor sur nos rivages
Ces chefs-d'œuvre de l'art auxquels rien n'est pareil ;
Où l'âme a des éclats comme dans nos orages,
Et l'esprit, des rayons comme notre soleil.

Nous voulions acclamer chaque brillant artiste;
Rendre hommage à sa gloire et saluer son nom;
Mais Paris, le profond et sublime égoïste,
Quand nos cœurs disaient: oui, nous a répondu: non.

Nous les lui demandions tous; mais ce qu'il nous donne
Amène des éclairs de bonheur sur nos fronts;
Soyons fiers; l'an dernier nous avions la couronne,
Nous avons aujourd'hui deux des plus beaux fleurons.

L'an dernier nous avions l'écrin d'or qui recèle
Tout l'éblouissement des merveilles de l'art;
Aujourd'hui nous avons une double étincelle:
L'esprit de Delaunay, la grâce de Favart.

O vous qui rehaussez la moindre fantaisie;
Vous par qui l'on remonte à la source du beau;
Vous qui savez remplir l'âme de poésie,
Et qui de l'idéal secouez le flambeau;

Aimez-nous bien; les fils de la vieille Phocée
Ont des affections qui jamais n'ont faibli;
Tout ce qu'ils ont aimé reste dans leur pensée;
Ils n'ont pas dans le cœur de place pour l'oubli.

Aussi vont-ils garder vos noms dans leur mémoire ;
Et quand vous reverrez ceux qui bien loin d'ici
Partagent avec vous les succès et la gloire,
Dites-leur : A Marseille ils vous aiment aussi.

Dites-leur que la ville aux rivages antiques,
Où l'air est toujours plein de baisers vaporeux,
Veut encor saluer les splendeurs poétiques
Dont le beau souvenir lui fut laissé par eux.

Revenez ; revenez nous dire encor ces choses
Qui s'adressent au cœur et savent le grandir ;
Revenez ; nous avons des jardins pleins de roses,
Et de robustes mains qui savent applaudir.

LE DÉPART

Je l'ai dit bien souvent, je veux la fuir ; je veux
Qu'elle n'entende plus d'inutiles aveux ;
J'ai déjà trop souffert et mon âme lassée
De l'espoir à la crainte est trop souvent passée ;
Trop souvent j'ai senti frémir et palpiter
Mon cœur qui de bonheur semblait prêt d'éclater ;
Et quand je croyais voir le ciel dans ses yeux d'ange,
Un mot tombé soudain dans un sourire étrange
Soufflait sur mon beau rêve, et mon cœur restait seul
Plié dans son amour comme dans un linceul.
Je veux la fuir ; pourtant elle m'est chère, et même
Une voix de mon cœur m'assure qu'elle m'aime ;
Mais je ne puis souffrir de tels caprices, non !
Je la veux oublier et faire de son nom
Un rêve qui n'est plus, un souvenir qui passe
Comme un trait lumineux qu'on voit fuir dans l'espace.

Je veux partir ; je veux sous le ciel espagnol
Entendre la guitare avec le rossignol ;
Je veux ouvrir mon âme à la brise incertaine
Qui craint de réveiller l'onde napolitaine ;
Je veux voir le Tyrol et son aspect vermeil,
Et le sol athénien tant aimé du soleil !
Je veux... mais quelqu'un vient, j'entends des pas... c'est elle !
Elle vient ; je la vois... ô mon Dieu ! qu'elle est belle !
Une grâce charmante éclate sur ses pas ;
Sa bouche avec amour sourit... Je ne pars pas !

LES DEUX CLOCHES.

Dans l'air où souriaient les reflets du matin
Une cloche jetait ses notes solennelles ;
Sa grande voix portait dans l'horizon lointain
L'heure de la prière à l'âme des fidèles.

Les cœurs s'ouvraient ; les fronts s'inclinaient humblement
Sur l'austère pavé de l'église voisine ;
Lorsque dans la ferveur et le recueillement
On entendit vibrer la cloche d'une usine.

Le son criant et dur par l'écho répété
Appelait au travail toute une ruche humaine ;
Et dans l'air vaporeux s'élevait à côté
Des sons pieux portés au céleste domaine.

Aussi la cloche sainte en fut surprise : — Eh quoi !
Dit-elle à Dieu, faut-il que cette voix fêlée
Ose ainsi retentir quand j'emporte vers toi
Ce que l'âme confie à la prière ailée ?

Impose donc silence à ce bruit faux et vain ;
Détourne-toi, mon Dieu, de l'atelier qui fume ;
Et ramène l'éclair de ton regard divin
Sur l'autel qui rayonne et que l'encens parfume. —

Et la cloche se tut dans l'air silencieux...
Mais dans les régions aux mortels inconnues
Une immense clameur enveloppa les cieux :
C'était la voix de Dieu qui parlait dans les nues.

— J'ai fait le monde ; ainsi le travail est ma loi ;
Et des marteaux de fer les rudes harmonies
Me parlent mieux encore en montant jusqu'à moi
Que l'orgue toujours plein de larges symphonies.

La cloche dont la plèbe écoute les accents
Vaut celle dont la voix appelle au sanctuaire ;
La main calleuse vaut la main qui tient l'encens ;
Et l'homme à son travail vaut le prêtre en prière. —

FUSAIN.

C'est le matin : au loin sur la rade la brise
De son haleine irise
L'onde calme où le ciel regarde son front clair ;
La voile s'arrondit sous le mât qui se penche ;
Et comme une aile blanche
Sous un souffle invisible elle glisse dans l'air.

A l'est, le soleil monte et d'un reflet colore
Les monts où tremble encore
Une brume fluide et que le jour pâlit ;
L'horizon découvert d'où l'ombre se retire
Est beau comme un sourire
Dont la mer cacherait la moitié dans son lit.

Il semble que le jour grandit afin qu'on voie
Le trois-mâts qui louvoie ;

Le brick qui passe au loin toutes voiles au vent ;
Le gracieux cutter qui sur l'amarre flotte ;
La barque du pilote
Qui s'élance joyeuse et qu'on suit en rêvant.

Ecoutez maintenant ces mille clameurs vagues
Qui passent sur les vagues ;
Cet immense murmure auquel l'âme répond ;
C'est le bruit du guindeau qui fait monter la chaîne
Sur son axe de chêne ;
C'est l'ancre qu'on soulève et qu'on met sur le pont.

C'est la voile qui s'enfle et fait crier l'antenne ;
La voix du capitaine
Qui dicte la manœuvre aux hardis matelots ;
C'est le steamer qui fuit sur l'onde jaillissante ;
C'est l'hélice puissante
Qui trace un chemin droit au sein mouvant des flots.

Ce sont les bruits de voix dont la côte palpite ;
Les mouchoirs qu'on agite
Et qui portent au loin l'âme dans un adieu...
O spectacle sublime ! ô peinture idéale !
O grandeur sans égale !
Ici, la terre ; au loin, la mer ; au-dessus, Dieu !

LETTRE A MADAME DARDÉ,

A TOULOUSE.

Humble provincial je n'avais pas quitté
Le rivage chéri de ma vieille cité;
Je me trouvais si bien auprès de ceux que j'aime
Que je coulais des jours limpides, heureux même;
Un seul être manquait à ce bonheur si doux;
Et cet être si cher, Madame, c'était vous.

Cependant quand j'errais sur le sable des grèves
Mon esprit s'oubliait dans le monde des rêves;
C'était à ces moments si calmes où le jour
Fond ses derniers rayons dans l'air chargé d'amour,
Tandis qu'au bord du ciel une rêveuse étoile
Regarde sur la terre en écartant son voile.

Un jour, en contemplant la pureté des cieux
Je pensais à Paris ; puis, en fermant les yeux
Je crus voir devant moi passer la cité-reine
Avec tout son éclat, sa beauté souveraine;
Avec sa foule immense; avec ses monuments ;
Et sa gloire, rayon plein d'éblouissements !
Et quand j'ouvris les yeux l'illusion passée
Avait marqué sa trace au fond de ma pensée;
Mais à cette heure même, au couchant, le soleil
Allongeait dans le ciel ses reflets de vermeil;
L'air était empourpré ; l'onde était calme et pure
Et devant ce tableau, ravissante peinture
Que le jour pâlissant dorait de son flambeau,
Je dis en moi : Paris, ne peut être aussi beau !

Depuis j'ai vu Paris, et devant son prestige
J'ai senti mon esprit ébloui de vertige ;
En rêvant j'avais vu la splendide cité;
Le rêve était moins beau que la réalité.

Oui, Paris éblouit; et cependant, Madame,
Il est d'autres pays où s'envole mon âme ;
Il est d'autres pays qui me sont chers ; aussi
Mes vœux de chaque jour s'en vont bien loin d'ici;

Et d'un rêve flatteur mon âme moins jalouse
A l'éclat de Paris préfère encor Toulouse.
Le plus beau ciel, le sol de prodiges semé
Ne vaut pas le pays où nous avons aimé ;
Les chefs-d'œuvre que l'art consacre à la victoire ;
Ces pompeux monuments où vit toute l'histoire ;
Reflets de tant de gloire et de tant de succès
Que bien haut devant eux l'on dit : je suis Français !
Saisissent, mais n'ont pas cette douceur que donne
L'amitié qui sourit, l'amour qui s'abandonne.
Aimer, voilà ma vie ; aussi quand j'ai quitté
La splendeur et le bruit de la grande cité ;
Quand les voix du pays ont frappé mon oreille ;
De la main et du cœur j'ai salué Marseille.
Puis, j'ai revu la mer et son immensité,
Et j'ai trouvé Paris petit à son côté ;
J'ai senti sur mon front ces brises tant aimées
Qui le soir font chanter les plages embaumées ;
Et j'ai cru que Paris n'avait jamais dans l'air
Des souffles aussi doux sous un ciel aussi clair.
Pour moi le sol natal fait ma joie ; il m'adresse
Des mots dont j'entends seul l'ineffable tendresse ;
Il sourit à mon cœur ; il me parle toujours
De mon bonheur d'enfant, de mes plus heureux jours ;
Et moi je dis le nom de ma ville si chère
Avec autant d'amour que quand je dis : Ma mère !

Mais de ces lieux si beaux où je rêve en aimant
Madame, j'ai perdu le plus cher ornement ;
Aussi, quand je remonte à ces heures passées
Où vous étiez l'écho de toutes mes pensées ;
Quand je songe aux beaux jours qui nous étaient donnés ;
Le cœur tout plein de vous je vous dis : Revenez !

UN CAPRICE.

Hier au soir, au spectacle, on jouait un CAPRICE,
Ce chef-d'œuvre de goût, ce proverbe charmant
Où l'esprit le plus pur coule, sans qu'il tarisse,
Comme un ruisseau de diamant.

Une foule pressée aux stalles, au parterre,
Saluait de bravos un si beau style; moi
Je n'applaudissais pas; j'étais seul à me taire;
Car je pensais avec émoi

A Musset qui la veille encore dans sa gloire
Venait d'être couché dans les plis d'un linceul;
A Musset dont le nom est dans chaque mémoire;
Et tristement je disais seul :

— Elle ne vibre plus cette lyre charmante
Dont les chants nous parlaient comme une voix d'ami;
Elle n'est plus à nous cette âme trop aimante;
Le beau cygne s'est endormi.

Des gloires du pays la tombe est élargie;
Mais celui que la mort a fauché sous sa main,
Celui pour qui de loin je pleure une élégie,
N'était qu'au milieu du chemin.

Ah! bien longtemps encor il pouvait faire entendre
Ces beaux vers où son cœur se révélait si bien;
Il pouvait... mais la mort ne veut jamais attendre;
Elle passe et n'écoute rien.

Que de fois sous le ciel de ma belle Provence;
Dans l'ombre qui flottait sous les pins odorants;
Sur le front anguleux du rocher qui s'avance
Comme un cap sur les flots errants;

Sur le sable doré de la rive amollie;
Sur les coteaux joyeux où l'air passe en chantant;
Entre le ciel d'Espagne et le ciel d'Italie,
Ces deux beaux ciels qu'il aimait tant!

Que de fois j'ai relu ces éloquentes pages
Où l'âme et le génie éclatent tour-à-tour ;
Où les élans du cœur ont de riches images;
Où la lyre a des cris d'amour!

Et maintenant plus rien; le rayonnant poète
Dont le chant est si pur, dont le nom est si beau,
Hier est descendu dans la fosse muette;
Tant de gloire est dans un tombeau! —

On levait le rideau sur la seconde pièce
Tandis que dans mon cœur j'écoutais mes regrets;
Un ami qui déjà remarquait ma tristesse,
Me dit : Qu'as-tu donc? — Je pleurais!

LOVE.

C'était une Anglaise adorable :
Un regard suave, un nez fin ;
Une blancheur incomparable ;
Un sourire de séraphin.

Elle avait des boucles dorées
Dont la magnifique lourdeur
Couvrait des épaules nacrées
Dont l'œil dévorait la rondeur.

Elle était si chastement belle
Et si belle en sa chasteté,
Que Faust aurait donné pour elle
Son bonheur dans l'éternité.

Sans être Faust, j'eus dans mon âme
Un immense tressaillement
Lorsque je vis la jeune femme
Surgir dans un rayonnement.

Elle parut à sa fenêtre
Un soir de la tiède saison,
Et comme un beau jour qu'on voit naître
Elle éclaira tout l'horizon.

Prudent alors est qui se sauve...
Moi je restais, elle parlait :
LOVE ; disait-elle, MY LOVE !
Et son œil doux étincelait.

LOVE ! que de douces pensées
Contient ce mot délicieux !
Que d'illusions caressées
Dans cet écho venu des cieux !

Amour ! ô loi des plus fécondes !
Vivant soleil dont l'action
Emporte les cœurs et les mondes
Dans l'éternelle attraction,

C'est toi l'universelle cause ;
C'est toi l'extase du ciel bleu ;
C'est toi la vie à flots éclose
Sur la sainte bouche de Dieu.

C'est toi le magnifique livre
Où s'inscrit le cœur enchanté ;
L'éternelle coupe où s'enivre
La lèvre de l'humanité.

A toi salut, coupe immortelle !..
Et l'Anglaise parlait toujours :
LOVE, MY LOVE ! disait-elle ;
Je pensais : — ô chastes amours !

O sainte effluve de tendresse !
O parfum de l'air matinal !
Bienheureux l'homme à qui s'adresse
L'aveu de ce cœur virginal.

N'est-ce pas le bonheur suprême,
N'est-ce pas un rêve des cieux,
Que s'entendre dire : je t'aime,
Par cette bouche et par ces yeux ?

Ne donnerait-on pas son âme
Et son corps à martyriser
Pour sentir ces lèvres de femme
Dans l'extase d'un long baiser ? —

Soudain... ô prestige infidèle !
Tombe du monde aérien...
J'entendis japper tout près d'elle :
Love était le nom de son chien.

LE POINT DE VUE.

Nous venons, ont-ils dit, de ce sommet lointain
Qui regarde sous lui lorsqu'un nuage passe;
Quel spectacle! déjà le soleil du matin
Montait lentement dans l'espace.

Le vent qui s'éveillait creusait de doux sillons
Sur les flots embaumés qu'en passant il irise;
Les navires, ainsi que de grands papillons,
Ouvraient leurs ailes à la brise.

Les monts dans l'horizon découpaient le ciel bleu;
Et la terre riante et la mer qui s'azure
Chantaient un chant d'amour qui montait au milieu
D'une atmosphère tiède et pure.

Et tandis que les flots, les airs chargés d'encens,
Nous versaient jusqu'à l'âme une extase muette,
Nous nous disions devant ces tableaux ravissants :
Que n'est-il ici, le poète !

— Amis, leur a-t-il dit, vous savez si la mer
Avec ses horizons que le soleil enflamme ;
Si les voix de la terre et le réveil de l'air
Ensemble parlent à mon âme ;

Mais aujourd'hui j'ai fui ces tableaux gracieux ;
Car j'en admirais un d'une beauté suprême
Et d'un éclat plus pur que la mer et les cieux :
Je regardais celle que j'aime.

LOIN.

L'enfant que nous aimons et que Dieu nous envòie
Sur notre front pensif met un rayon de joie ;
C'est l'ange qui répand une douce gaîté
Sur nos jours sans couleur et sans limpidité ;
Il étoile la vie à son sourire, il semble
Faire éclore l'espoir et le bonheur ensemble.
Nous l'aimons; nous voyons son esprit se former;
Et souvent, quand plus tard il pourrait noús aimer,
Le Seigneur qui parmi les terrestres phalanges
Est sans doute jaloux de l'amour de ses anges,
Nous sèvre de l'espoir que notre cœur attend,
Et l'appelle vers lui dans le ciel éclatant;
Et tandis qu'il lui donne à l'ombre de son aile
Au prix de nos douleurs une joie éternelle,
Nous, pauvres délaissés, nous pleurons à genoux
Ceux qu'un souffle céleste emporte loin de nous.

CAUSERIE DE DEUX BOULETS DE CANON

Un jour, dans l'arsenal deux vieux boulets causaient
Comme deux compagnons de gloire;
Je suivis l'entretien, voici ce qu'ils disaient :
Je l'ai gravé dans ma mémoire.

Comment avez-vous fait ? dira-t-on. — Cher lecteur
Tout me parle, ciel, fleurs écloses;
Car la philosophie est le grand traducteur
Des hommes et surtout des choses.

Elle prête une voix à l'air plein de reflets,
A l'arbre, à la branche qui tremble;
Elle m'expliqua donc l'entretien des boulets
Qui devant moi causaient ensemble. —

L'un disait : — Quel destin m'est donc fait ici-bas ?
Moi, jadis fier comme les chênes,
Moi qui n'entendais rien que le bruit des combats,
Je n'entends plus qu'un bruit de chaînes.

J'aimais le camp joyeux avec toutes ses voix ;
Et dans ce bagne, vaste bouge,
Au lieu de combattants à mes yeux je ne vois
Que des forçats en habit rouge.

Habits rouges ! ce cri jadis était puissant ;
C'est l'Anglais ! que l'orage éclate !
C'est l'Anglais ! et le feu rugissait, et le sang
Trempait l'uniforme écarlate.

Mille trombes de fer comme des tourbillons
Crevassaient au loin les nuées ;
On me lançait, et moi dans les lourds bataillons
Je faisais de larges trouées.

Chaque fois ramassé sur un sanglant terrain
J'allais de victoire en victoire ;
L'Europe avec effroi demandait quelle main
Ouvrait cette écluse de gloire.

Fleurus ! Valmy ! Jemmape ! en avant ! sans repos !
Grondez, canons ! sonnez, trompettes !
En avant ! et soudain les plis de nos drapeaux
Au loin secouaient des tempêtes.

Vive la République ! à ce grand cri les rois
Portaient la main à leur couronne ;
Et je tonnais contr'eux sans cesse, et chaque fois
J'emportais les débris d'un trône.

Et je suis dans un bagne !.. ô sort d'ombres voilé !
Qui pourra jamais te résoudre ? —
Le vieux boulet se tut... Après qu'il eut parlé
Je crus longtemps sentir la poudre.

Alors son compagnon répondit ; je ne sais
Ce qu'il avait de froid dans sa calme attitude ;
Mais sans en acquérir encor la certitude
Je compris aussitôt qu'il n'était pas français.

Il dit : — J'aime la mer comme je hais la terre ;
Et cependant je suis ici
Au bagne comme toi, mais triste et solitaire ;
Rongé par l'air et le souci.

J'aime la mer, surtout la mer houleuse et sombre
Qui brise à blanc dans l'horizon ;
La mer qui roule, gronde et qui semble dans l'ombre
Un éternel coup de canon.

La mer qui jette au ciel avec des flots d'écume
Les défis les plus arrogants ;
La mer pleine de cris, qui bouillonne et qui fume
Dans l'air tout chargé d'ouragans !

Ah ! que sur nos vaisseaux j'étais heureux naguère !
Je la voyais la grande mer ;
J'entendais à la fois la tempête et la guerre ;
Le bruit des flots, le bruit du fer !

Trafalgar ! Trafalgar !.. les vaisseaux de batailles
Semblaient des cratères ardents ;
Le bois dur éclatait sous les rudes entailles
Des boulets qui frappaient dedans.

Les sabords entr'ouverts grondaient dans la fumée ;
Comme de mobiles remparts
La ligne des canons coup sur coup rallumée
Lançait le fer de toutes parts.

Les mâts, porte-drapeaux dans les combats sur l'onde,
Se rompaient; chaque fier géant
Cherchait, tout étonné de sa chute profonde,
Qui l'abattait sur l'océan.

Trafalgar! Trafalgar! ô triomphe! ô victoire!
O combat resté sans pareil!
L'Angleterre depuis a des rayons de gloire
A faire pâlir le soleil. —

Il se tut tristement... puis comme un son qui flatte
J'entendis leurs deux voix faire deux derniers vœux;
L'une disait: — Où sont les habits d'écarlate?
Et l'autre répondait: — Où sont les habits bleus?

BRODERIE.

Elle faisait une bourse
Avec des perles d'argent ;
Vrai joyau, chère ressource
Destinée à l'indigent.

Sur le canevas de soie
Elle brodait les couleurs,
Goûtant d'avance la joie
Qu'on goûte en séchant des pleurs.

Aussi la bourse fut belle ;
Puis, l'œil plein d'un doux reflet :
— Pour les pauvres, me dit-elle,
Pour les pauvres, s'il vous plaît. —

La bourse n'était pas grande;
Mais les cœurs sont imprudents:
Avec ma légère offrande
Je mis tout mon cœur dedans

— Ne donnez pas tout, lui dis-je,
Et mon trouble était profond;
Cette bourse, vrai prodige,
Contient mon cœur dans le fond. —

— Deux trésors ! double espérance !
Me dit-elle avec émoi;
L'or sera pour la souffrance;
Et le fond sera pour moi. —

LES AMOURS D'UNE ÉTOILE

A MADAME ANAÏS JOURDAN.

Les premiers des humains pleuraient la faute immense
Qui leur avait fermé la céleste clémence;
Ils livraient dans l'exil leurs jours à l'abandon;
Et n'attendaient plus rien, pas même le pardon.
Mais près d'eux leurs enfants, l'âme toute ravie,
Saluaient le bonheur en allant dans la vie;
Abel surtout, Abel sentait son cœur aimant
Se fondre avec amour, battre soudainement
Quand le ciel s'éveillait ou quand de sa voix pure
L'air du soir murmurait un chant dans la verdure;
Tout ce qui peut saisir, tout ce qui peut charmer
Inspirait sa tendresse et lui disait d'aimer.
Aussi lorsque le soin de ses brebis chéries
Livrait son cœur d'enfant aux vagues rêveries,

Lorsque le soir venait, le jeune et beau pasteur
D'un coteau de palmiers gravissait la hauteur;
Et là, seul, attentif au moindre bruit qui passe,
Il écoutait les voix qui parlaient dans l'espace;
Il répondait de l'âme aux longs adieux du jour;
Et son extase immense était toute d'amour.

Un soir, il regardait venir l'ombre; une étoile
Ouvrait en souriant les gazes de son voile;
Elle semblait heureuse et dans le firmament
Son beau sourire avait l'éclat d'un diamant.
Mais elle vit Abel et par un saint mystère
L'étoile avec amour se pencha vers la terre
Et regarda longtemps, tandis que le pasteur
S'abandonnait comme elle à ce regard flatteur.
Rapprochement divin! c'est ainsi que les anges
De leurs saintes amours font les plus doux échanges;
Ils se voient, et leurs cœurs heureux de s'allumer
Aiment, aiment encore et ne cessent d'aimer.
Depuis, la blanche étoile eut un plus beau sourire;
Elle attendait Abel chaque soir pour lui dire
Avec un regard long et tout chargé d'amour
Je t'aime! et le berger regardait à son tour;
Et nouant avec joie un entretien suprême
Avec la voix de l'âme il répondait: Je t'aime!

Mais, hélas! ce bonheur ne dura qu'un moment,
Un soir la blanche étoile attendit vainement;
Abel ne parut pas à l'heure accoutumée;
Une main par la haine et la vengeance armée
L'avait frappé... l'étoile en pleurant dit tout bas:
Abel a dû mourir, car je ne le vois pas.

Bien que le moindre espoir se soit éloigné d'elle,
A ses chers rendez-vous elle est encor fidèle;
Elle vient regarder la colline où le soir
Pour lui parler d'amour Abel venait s'asseoir.
O touchante ferveur! c'est sa douce lumière
Qui le soir dans le ciel apparaît la première;
Et le jour qui revient au bord du firmament
La voit briller encor quoique bien tristement.
Elle aima comme on aime au ciel, avec constance;
Abel lui fit chérir l'éternelle existence;
Sans Abel le bonheur lui devint étranger:

On l'appelle depuis l'étoile du berger.

LA VIE EN MUSIQUE.

Si l'on mettait la vie en musique on rendrait
Un hommage à Fourrier, le penseur de génie
Qui voulait réformer le monde... ce serait
Le temps heureux de l'harmonie.

On s'accorderait vite ou du moins je le crois;
Politique d'ensemble on aurait en musique
L'unisson fraternel qu'on rêve en république
Tout en laissant chanter les rois.

Voltaire s'écrîrait : c'est le meilleur des mondes!
Certes, rien ne vaudrait un spectacle pareil :
Sous le gaz rayonnant comme aux feux du soleil
Les danseurs trouveraient des rondes.

Dans les climats brûlants, sous nos tièdes zéphyrs,
Les hommes, à chanter mettant toutes leurs gloires,
Trouveraient à leur gré des blanches ou des noires
Sans exhaler trop de soupirs.

Les tribunaux déserts demeureraient sans causes ;
L'accord serait parfait des majeurs aux mineurs ;
Les gammes iraient loin des courtiers suborneurs ;
Et les dandys auraient des poses.

Plus de duels ! dès lors plus de cœurs alarmés !
Plus de sang répandu ! plus de regards en larmes !
Les tierces resteraient aux mains des maîtres d'armes ;
Les quintes aux gens enrhumés.

L'harmonie unirait les foules enchantées ;
Tout ce qui serait faux en serait isolé ;
Les prisons deviendraient illusoires, la clé
Etant à toutes les portées.

Les femmes à leur gré pourraient choisir les chœurs ;
Les ministres prendraient les notes les plus graves ;
Les lorettes aussi chercheraient des Octaves
Pour noter le prix de leurs cœurs.

On verrait les maçons faire des ouvertures ;
Et que l'on fût en haut ou que l'on fût en bas
La sainte égalité régnerait sans débats ;
Tout se passerait en mesures.

La politique ici peut prendre une leçon ;
Mais elle est sourde, hélas ! de l'équateur aux pôles ;
Et qui lira ces vers en haussant les épaules
Dira tout simplement : Chanson !

REGARDE.

Regarde ce beau ciel ; ce vaste horizon bleu
Où l'on pourrait voir Dieu
Si Dieu dans sa grandeur ne s'entourait de voiles ;
Ce ciel à faire envie au ciel italien ;
Ce dôme aérien
Le jour plein de chaleur et la nuit plein d'étoiles.

Regarde cette mer, elle est splendide à voir !
On dirait un miroir
Où le ciel réfléchit son radieux sourire ;
Ici, l'air qui s'ébat sur les flots caressants
A de si doux accents
Que le cœur sans amour se sent battre et soupire.

Si tu voguais la nuit sur ce golfe enchanté,
Lorsqu'un souffle d'été

Fait mollement gonfler la voile qui se penche ;
Si tu voyais au loin du bord silencieux
        L'azur riant des cieux
Trembler dans l'eau limpide avec l'étoile blanche ;

Si l'écho t'apportait dans l'air plein de fraîcheur
        La chanson du pêcheur,
Vague mais qu'on écoute avec l'âme en extase,
Tandis que dans le ciel la lune se levant
        Monte et passe en rêvant
Comme une fiancée en toilette de gaze ;

Ton âme sourirait à ce firmament pur ;
        Et les vagues d'azur,
Et la brise des nuits qui chante un divin thème
Te parleraient ensemble ; et plein d'un doux émoi
        Tu dirais comme moi :
O grande mer, salut ! ô Marseille, je t'aime !

CREDO.

Un jour j'étais vaincu par le doute; la foi
Sur mon front dédaigneux avait fermé son aile:
— Croire sans raisonner, disais-je, est une loi
Qui ne saurait être éternelle.

Et je veux raisonner pour croire... et j'allais seul
Narguant ce qu'autrefois j'aimais de préférence;
Et faisant à mon cœur oublieux un linceul
De froideur et d'indifférence.

J'arrivai dans un champ vaste d'où l'on voyait
Comme une immense fleur sourire les campagnes;
Plus loin, sous les rayons du soleil ondoyait
Un large horizon de montagnes.

Du même point encore on découvrait la mer
Qui suit les cieux profonds dans leur courbe infinie,
Et qui roulant ses flots faisait monter dans l'air
Son éclatante symphonie.

Je m'arrêtai devant un spectacle aussi beau...
Mais comme je devais y rester insensible,
Je dis : — De la raison apportons le flambeau ;
Et raisonnons, s'il est possible.

Dieu, nous dit-on, est grand, mais d'où vient sa grandeur?
Aucun n'est revenu de là-haut, il me semble...
Qui donc peut affirmer sa gloire et sa splendeur ? —
— Nous ! me dirent les cieux ensemble.

— Il est puissant ; il peut en étendant la main
Soulever jusqu'au fond les abîmes du monde...
Qui donc peut affirmer ce pouvoir surhumain ? —
— Moi ! répondit la mer profonde.

— Il est fort ; sous son pied la terre peut crouler ;
Il fait trembler les cieux au cri de sa colère...
Qui donc peut affirmer les avoir vus trembler ? —
— Moi ! me répondit le tonnerre.

Je demeurai pensif sous ce raisonnement,
Quand vers l'urne d'un lis pleine encor de rosée
Un petit roitelet s'en vint du firmament,
Et but dans la coupe irisée.

Puis il battit de l'aile et jeta près de moi
Une trille, une note ineffable et sonore ;
Et je joignis les mains et le cœur plein de foi
Je dis : — Mon Dieu ! je crois encore !

Plus que l'océan vaste et plein de majesté ;
Plus que les cieux profonds et leurs rayons de gloire,
Ce tout petit oiseau qui dans un lis vient boire
O mon Dieu ! me fait croire : il dit votre bonté. —

DÉSIR

A mes plus chers désirs ton cœur est trop rebelle,
O ma belle !
Pourquoi, malgré mes vœux, dédaigner chaque jour
Mon amour ?

Je t'aime, et cependant cet amour ne t'inspire
Qu'un sourire ;
Ou tu dis, quand mes yeux aux tiens semblent liés,
Oubliez !

Oublier c'est mourir lorsqu'on aime une femme ;
Et mon âme
Comme tout ce qui chante, ou parle, ou vibre en moi
Est pour toi.

A cet amour si vrai je demeure fidèle ;
L'hirondelle
Garde en toutes saisons les souvenirs constants
Du printemps.

Tout est fait pour l'amour, les âmes et les choses :
Vois les roses
Devant les papillons s'entr'ouvrir doucement
En aimant.

La brise fait la cour à la vague irisée ;
La rosée
Aime mais sans espoir, elle pleure d'amour
Chaque jour.

L'heureux gazon voit faire à l'humble violette
Sa toilette ;
C'est l'amour partagé qui se cache et qui fuit
Loin du bruit.

Elle écoutait, penchant sa figure expressive
Mais pensive ;
Puis elle me sourit et je crus voir les cieux
Dans ses yeux.

LA DERNIÈRE PENSÉE DE WEBER.

Il était là, donnant l'essor
A son vaste et puissant génie ;
L'ange divin de l'harmonie
Ouvrait sur lui son aile d'or;
La main sur la lyre fixée,
Invisible et la flamme aux yeux,
L'ange venait du haut des cieux
Dicter : La dernière pensée.

Mais avant qu'il fit soupirer
Les cordes de la lyre sainte,
Dans la mélodieuse enceinte
Une voix sembla murmurer :
— Ta couronne d'or est tressée,
La gloire éclaire ton chemin ;
Mais Dieu t'appellera demain :
Ecris ta dernière pensée.

— Remonte au foyer d'où tu vins
Dans les régions infinies
Il manque aux grandes symphonies
L'éclat de tes concerts divins.
La terre fut longtemps bercée
A tes notes pleines d'amour ;
Le ciel te réclame à son tour :
Ecris ta dernière pensée.

— Au dernier jour le dernier chant :
Ouvre ton cœur, fais nous entendre
Ce que la lyre a de plus tendre,
Ce qu'un rêve a de plus touchant.
Que l'âme à ton hymne fixée
Plane loin du monde réel ;
Que la terre se croie au ciel :
Ecris ta dernière pensée. —

La voix se tut ; l'ange béni
Fit vibrer l'invisible lyre ;
C'était l'ineffable délire
Des cantiques de l'infini ;
C'était la prière versée
Devant l'immuable grandeur ;
C'était l'amour dans sa splendeur ;
C'était : La dernière pensée.

Et le grand artiste exalté
Par cette musique suprême
Exhala son dernier poème
Sur le seuil de l'éternité.
Il chanta, puis sa main glacée
Nota le poème rêvé ;
Le chef-d'œuvre était achevé ;
C'était : La dernière pensée.

LA LYRE OU LE COMBAT ?

Quand le peuple se lève et que la liberté
Comme la mer qui gronde,
Pousse son cri profond largement répété
Par les échos du monde ;

Quand le pouvoir abject qu'on secoue a laissé
Du sang dans les décombres ;
Et qu'on voit tout-à-coup grandir sur le passé
L'avenir couvert d'ombres ;

Quelle est la mission du poète ? doit-il
Lorsqu'il faut tout abattre,
Se tenir lâchement éloigné du péril,
Ou bien doit-il combattre ?

On lui dit : — Laisse donc la tempête voler
Devant la foule accrue ;
Le poète rêveur ne doit pas se mêler
Aux clameurs de la rue.

Il ne doit pas tenir un drapeau dans la main ;
Il ne doit pas descendre
Dans l'arène qui bout et qui sera demain
Peut-être toute en cendre.

Il doit se retirer bien loin quand les combats
Ensanglantent les villes ;
Le poète est au ciel, il descendrait trop bas
Dans les luttes civiles. —

Arrière ! vils rhéteurs qui tendez le réseau
D'une logique infâme !
Donnez donc au poète une trame, un fuseau,
Et des jupons de femme !

Couronnez-le de fleurs et de honte ; jetez
La boue à son visage !
Qu'il s'en aille sans voir dans le bruit des cités
Un céleste présage !

Qu'il chante, dites-vous, et moi je vous dis : Non!
Dans les jours de délire,
Quand on entend gronder le peuple et le canon,
Honte à qui prend la lyre !

Honte à qui commettra pareille lâcheté !
De quel nom qu'on le nomme,
Le poète s'efface au cri de liberté ;
Il ne reste qu'un homme.

Mais un homme qui jette à la foule en rumeurs
Sa voix pleine d'augure ;
Un homme qui debout sur toutes les clameurs
Plane et se transfigure.

Oui, je comprends ainsi le poète ; je veux
Le voir pendant l'orage
Quand la voix du canon hérisse les cheveux
Et glace le courage.

Je veux le voir porté par mille bras levés ;
Et fier de son grand rôle
Soulever à la fois le peuple et les pavés
Sous sa forte parole !

Puis, quand la foule ardente a décrété ses droits
Sur les marches d'un trône ;
Quand elle a fait tomber de la tête des rois
L'orgueil et la couronne ;

Alors le grand penseur peut encor se vouer
Aux choses solennelles ;
Alors il peut gravir les monts et saluer
Les splendeurs éternelles.

TABLE.

TABLE.